La librería
del señor Livingstone

La librería
del señor Livingstone

Mónica Gutiérrez Artero

Papel certificado por el Forest Stewardship Council®

Primera edición: octubre de 2020
Segunda reimpresión: enero de 2021

Printed in Spain – Impreso en España

ISBN: 978-84-666-6856-9
Depósito legal: B-11.575-2020

Impreso en Liberdúplex
Sant Llorenç d'Hortons (Barcelona)

BS 6 8 5 6 9

A mi Ingeniero. Por todo. Siempre

1

Al señor Livingstone le parecía abominable que Roberta Twist hubiese bautizado a su único hijo, en la iglesia presbiteriana de St. Andrew, con el nombre de Oliver. Y no porque tuviese nada en contra de los feligreses presbiterianos, o contra la espantosa cúpula de St. Andrew, sino porque estaba convencido de que hacía falta mucha maldad para dejar abandonado en la puerta de su librería, de lunes a viernes, a un niño llamado Oliver Twist.

Edward Livingstone había perdido ya la cuenta de los años que hacía que era librero. No se trataba de una pasión vocacional, sino de una cuestión de supervivencia: el señor Livingstone entendía mejor los libros que a los seres humanos. Si bien esta última observación no era del todo cierta —incluso el librero más taimado tiene sus excepciones—, la vida en una librería consistía en muchos libros y pocos clientes.

Su librería ostentaba el orgulloso rótulo azul con letras blancas de MOONLIGHT BOOKS y ocupaba un viejo inmueble de dos plantas en una de las callecitas del barrio del Temple. Compartía su humilde ubicación con una zapatería masculina que había conocido tiempos mejores, allá por los años veinte del siglo pasado, y con un sastre tan anciano —extraordinariamente parecido a Mr. Magoo— que la mayoría de sus clientes ya no iban a precisar de sus servicios nunca más. Al señor Livingstone no le importaba la ubicación algo escondida de su librería, pues era un firme partidario de que las vidas sin una pizca de misterio no tienen interés.

Desde la calle, Moonlight Books era todo madera pintada de azul y pulcros escaparates. Tras los cristales enmarcados, una coreografía de novelas atraía la mirada de los transeúntes con mayor o menor éxito. No era el señor Livingstone quien se ocupaba del escaparatismo de su negocio, pero sí que solía dar el visto bueno, con un escueto gruñido, a los títulos que exhibía. La puerta de la librería, también de madera azul, tenía un curioso pomo en forma de pluma que los visitantes empujaban para entrar haciendo sonar unas campanillas de bienvenida de peculiar tañido.

A sus cuarenta y todos años, Edward Livingstone había ordenado su negocio según su propia filosofía de lectura: los clásicos en la planta inferior y los autores contemporáneos en el piso superior, junto a los libros de filosofía, viajes, mapas, teología, historia y otras disciplinas, de manera que ni siquiera los autores más modernos podían librarse de la atenta mirada de los Aristóteles, Plutarco, Tucídides, Voltaire, Rousseau o Kant, dignos guardianes de la modernidad. De suelos de madera pulida y quejumbrosa por los achaques de la edad, y paredes de un color olvidado —quizás violeta en sus buenos tiempos— tras las enormes estanterías repletas de libros, ambos pisos de la librería se comunicaban por una única escalera de caracol, cuyos escalones, también de madera, estaban regiamente escoltados por una hermosa barandilla negra de hierro forjado afiligranada con hermosas rosas y motivos vegetales labrados en el mismo metal. El señor Livingstone creía que para subir a disfrutar de los autores del piso de arriba era necesario haber leído gran parte de los de abajo, de ahí su peculiar distribución. Y sobre su extraordinaria barandilla modernista no solía hacer comentarios en voz alta pero, si los clientes observadores no se hubiesen extinguido en este siglo, sin duda no les habría pasado desapercibida la delicadísima caricia de la yema de los dedos del librero sobre su oscura superficie siempre que transitaba por aquella escalera prodigiosa.

Era necesario alzar la mirada hacia los cielos de la librería una noche estrellada para comprender el nombre con el que su propietario la había bautizado —en opinión del señor Livingstone con mejor criterio que el de la señora Twist para con su único hijo—. Coronaba majestuosa el alto techo de vigas de madera del segundo piso una respetable claraboya cristalina de forma piramidal. Durante el día apenas dejaba pasar la luz, a menudo lluviosa de las rutinas londinenses, pero si uno se tomaba la molestia de alzar la mirada en una noche clara y serena, tenía una panorámica hermosísima de los cielos estrellados con luna. Junto con la escalera de caracol, el propietario de Moonlight Books consideraba su claraboya como uno de sus bienes más preciados.

Edward Livingstone, que tenía cierto parentesco lejano con el médico, activista antiesclavista y explorador escocés que descubrió las cascadas del río Zambeze —bautizadas por él como «cataratas Victoria»—, había cambiado los mapas y los diarios de su victoriano antepasado por el papel mucho menos aventurero de sus libros preferidos. Como buen librero, su Mundo era su librería; su Estado, la lectura; y su Constitución, el índice alfabético de títulos y autores que había informatizado hacía unos años pese a que era capaz de encontrar de memoria cualquier ejemplar que el cliente le solicitase, incluso en el peor de sus días.

El día en el que Oliver Twist venció con su lógica aplastante de niño de ocho años el dogma laboral del señor Livingstone, hasta entonces inamovible, era martes. Atardecía con la acostumbrada rapidez de los noviembres londinenses, las luces de la librería ya estaban encendidas y había tres personas en la planta inferior curioseando las mesas de novedades. El suelo de madera vieja y pulida crujía bajo los pies de los visitantes de Moonlight Books y el excéntrico librero estaba más gruñón de lo que era habitual en él.

Aquella tarde, Edward Livingstone había subido y bajado la hermosa escalera de caracol las suficientes veces como para perder la cuenta y el resuello. Había estado colocando ejemplares recién llegados —las mañanas de los martes eran para los proveedores— y se sentía tan cansado que precisó sentarse un momento en uno de los sofás morados de la planta superior.

—Debería contratar a alguien para que le ayudase.

La vocecita sabihonda de Oliver Twist, que había acampado con su mochila y sus libros de astronomía en su rincón habitual, la sección de Historia, molestó al señor Livingstone.

—Y tú deberías irte a casa.

Oliver, que sabía que tenía pocas probabilidades de que su madre pasara a recogerle antes de la hora del cierre de la librería, se encogió de hombros y volvió a meter la nariz en un enorme tratado sobre las lunas de Júpiter. Estaba tan acostumbrado a la brusquedad de su anfitrión como este lo estaba a su presencia silenciosa en el piso de arriba.

Cada día, a la salida del colegio, se encontraba en la puerta con Clara, la interina de los Twist, que le entregaba la merienda y le acompañaba en silencio hasta Moonlight Books. Oliver no conocía con exactitud las obligaciones contractuales de Clara pero se hacía una idea bastante concisa de en qué no consistían: él. La empleada de sus padres procuraba cumplir con el trámite de deshacerse del engorro con la mayor rapidez y, a ser posible, en silencio. Oliver imaginaba que Clara le consideraba un paquete que debía entregar. Nadie en su sano juicio da conversación a los paquetes.

Al señor Livingstone no le caía especialmente mal Oliver. Pensaba que a menudo había dado muestras de un valioso sentido común —el mismo que escaseaba entre las decenas de personas que cruzaban cada día la puerta de su librería— y toleraba con paciencia sus manías de niño superdotado. Aunque estaba convencido del dudoso gusto de la señora Twist, por su contribución a exacerbar el odio de los escolares enemistados con Dickens desde su más tierna infancia —el señor Livingstone suponía que los hogares modernos estigmatizaban a Dickens y fomentaban la lectura de malignos autores afrancesados—, Roberta Twist era una abogada guapa como la Reina de las Nieves y con la misma predisposición que esta a dejar que su corazón congelado sintiese poca compasión por el abandono cotidiano de su hijo. Al librero no le importaba el cociente intelectual de Oliver e intentaba ignorar los dramas familiares que lo rodeaban, pero sabía apreciar en su justa medida las observaciones del chico.

Una vez, cuando Edward todavía creía posible que la presencia del chico en la sección de Historia fuese temporal, le preguntó por qué pasaba allí las tardes.

—¿No prefieres jugar al *quidditch* con tus amigos?

—No tengo amigos —le había contestado sentado en el suelo, entre un montón de libros.

—No es necesario que sean tus amigos para jugar con ellos —rectificó el señor Livingstone, consciente de que su agenda de amistades tampoco rebosaba nombres.

—Me gusta estar aquí.

Esa misma tarde, el librero volvió a llamar la atención de la señora Twist.

—Esto no es una guardería, no puede dejar aquí a su hijo cada tarde.

—Ya le dije que me indicase un precio por hora —contestó muy digna la Reina de las Nieves con el maletín en una mano y el teléfono móvil en la otra.

La abogada, fiel al principio de que todo tiene un precio en este mundo, era incapaz de comprender que Moonlight Books se hallara al margen de cualquier dicho costumbrista.

—Esto es una librería. No cobramos por aparcar niños.

—Oliver es un cliente. No ensucia, no molesta, no muerde —resumió antes de salir a toda prisa por la puerta.

Su hijo se había encogido de hombros y la había seguido con las orejas coloradas por la vergüenza. Al día siguiente le había contado al señor Livingstone que la idea de pasar las tardes en Moonlight Books había sido suya, en contra de la opinión de sus padres.

—Me apuntaron a un montón de actividades extraescolares, pero ninguna me gustaba. Conseguí que me echasen de todas.

—¿Cómo?

—Fingiendo que me quedaba dormido en sus clases. Los psicólogos desaconsejan a los padres que obliguen a sus hijos a realizar actividades académicas que no deseen. Y solo me interesa investigar el espacio.

Edward, que había perdido la fe en las teorías psicopedagógicas muchos años atrás, no quiso indagar en la veracidad de la explicación. Pero sintió curiosidad por saber por qué había elegido su librería.

—No tengo demasiados libros sobre astronomía.

—Pero desde aquí pueden verse las estrellas cuando anochece —le había contestado Oliver.

No podía culpar al chico de sentirse a gusto en el único lugar del mundo que él también consideraba un refugio.

Aunque no fue esa verdad la que disuadió al señor Livingstone de seguir protestando por las horas que pasaba Oliver en su librería —protestas a las que Roberta Twist no hacía el menor caso—, ni que su presencia pasase desapercibida a los demás clientes. Tampoco fue su respetuoso amor por los libros o su admiración por la claraboya piramidal o porque se ganase la simpatía del librero. Oliver Twist pasó a formar parte del rincón sur del piso superior de Moonlight Books por la fuerza de la costumbre. Acampaba allí todas las tardes después del colegio, se sentaba en el viejo suelo de madera, sacaba sus tesoros de la mochila (mapas celestes antiguos, sextantes, libros, papel y lápices de colores) y se sumergía feliz en la inmensidad del universo. Tantos días repitió su ceremonial de astronauta libresco que se integró en la memoria cotidiana del señor Livingstone, hasta que fue consciente de que lo echaba de menos la semana en la que una gripe lo retuvo en su casa.

Edward sintió sus lumbares doloridas, movió los pies para comprobar que sus piernas conservaban todavía un leve temblor por el esfuerzo y maldijo en silencio la decrepitud que acompañaba a los viejos libreros. Quizás sí que había llegado la hora de contratar a alguien más joven que le echase una mano con los pedidos y con el transporte de libros por los peldaños de su orgullosa escalera de caracol.

—Espero que no te estés refiriendo a ti mismo —interpeló el señor Livingstone a su inquilino cuando este le sugirió la idea.

—No. Necesito todo mi tiempo para convertirme en...

—... en el astronauta más joven del mundo. Sí, ya lo sé.

—Contrate a un universitario. Son fuertes y no les importa trabajar a tiempo parcial.

—No tengo por costumbre seguir los consejos de un mocoso de seis años.

—Tengo ocho años, dos meses y tres semanas.

—Lo que sea —gruñó el señor Livingstone leyendo el título del libro que sostenía su interlocutor—. Esta librería la gestiono yo, no los niños astronautas de las lunas de Júpiter.

Si fuese posible que el sonido de unas campanillas resultase lúgubre al espíritu, ese sería sin duda el de la puerta de Moonlight Books. Su tañido anunció la llegada de nuevos clientes, o la salida de alguno de los que estaban dentro, y Edward Livingstone supo que debía bajar y atender la caja registradora.

—Que conste —dijo el librero cuando todos los huesos de su columna crujieron al ponerse en pie— que si contrato a alguien a tiempo parcial para que me ayude no será porque lo hayas decidido tú, sino el peso abrumador de las nuevas ediciones de los atlas geográficos que me he visto obligado a arrastrar hasta aquí arriba durante toda la tarde.

Edward bajó de nuevo sus apreciadas escaleras, comprobó que todo seguía en orden —tiempo atrás había dispuesto que los acontecimientos ocurrieran solamente los jueves— y contempló con anhelo su mesa especial. Solo una excepción a sus queridos clásicos albergaba la planta baja de Moonlight Books: los libros ilustrados, la pequeña y colorida debilidad del señor Livingstone. No podía evitar, pese a sus muchos años de explorador literario y sabio (o quizás precisamente por ello), caer rendido ante las páginas bellamente ilustradas de cualquier ejemplar con el que tropezase, ya fuese en un catálogo con las novedades de una editorial o durante el descubrimiento —siempre asombroso, como el del doctor Livingstone original— de una rara antigüedad. Las novísimas y hermosas ediciones de Benjamin Lacombe, Tim Burton, Iban Barrenetxea, Sara Morante, Charlotte Voake, Stephen Biesty o Quentin Blake compartían felizmente una enorme mesa de pisos con ediciones bien conservadas de las láminas de Maurice Sendak, George Barbier, Alphonse Mucha, Toulouse-Lautrec o Gustave Doré. Pese a la férrea disciplina y orden a la que el señor Livingstone sometía a sus queridos libros, era esta zona ilustrada la más asilvestrada y salvaje, muchas veces tierra de nadie y de todos, encuentro de pintores, dibujantes, grabadores, publicistas, diseñadores y demás ilustrísimos (e ilustradísimos) habitantes del pincel.

Remataba la mesa de estos tesoros un pequeño pedestal sobre el que reposaba una vitrina suavemente iluminada. En su interior, el señor Livingstone había depositado, abierto, el diario original de su antepasado explorador: *Observaciones cartográficas, zoológicas, botánicas y geológicas del sur de África (1849-1851)*. Se trataba del cuaderno manuscrito del doctor David Livingstone, que el librero había heredado de una tía soltera hacía unos diez años. Pese a que Edward mostraba su histórica reliquia familiar sin más alardes que aquella pequeña vitrina, quienes le conocían sabían lo mucho que la tenía en estima. Su celo en el cuidado del manuscrito era tal que ni siquiera había accedido a enseñárselo a Oliver, pese a las protestas del chico, porque la altura de la vitrina no le dejaba contemplar la maravilla del explorador.

Quizás por esa pequeña isla anárquica entre los mares disciplinados de su bien ordenada librería, o quizás porque nunca había ganado el Premio Scrooge al librero más gruñón del año pese a haber estado nominado en tres ocasiones, el señor Livingstone no tardó en suavizar su ceño arrugado y saltarse sus principios sobre no hacer caso de los buenos consejos de un niño. Esa misma tarde colgó un cartel en la puerta de Moonlight Books: SE NECESITA AYUDANTE.

2

Agnes Martí soltó un doloroso quejido cuando consultó por internet el saldo de su cuenta bancaria. Llevaba tres meses en Londres y no había conseguido el trabajo digno que se prometió cuando bajó del avión.

—Me voy —les había dicho a sus padres antes de dejar su Barcelona natal—. Estoy harta de tanta precariedad, de tanto recorte en investigación y de tener trabajo solo cuatro meses al año. Me he cansado de las excavaciones de primavera y de mendigar con mi currículo por las calles de esta ciudad inclemente.

Sus padres, que parecían más tristes que impresionados por su heroico discurso, asintieron sin convencimiento. No estaban seguros de encontrarse preparados para afrontar el síndrome del nido vacío con el que tanto les había amenazado una tía psicóloga.

—¿Qué quieres hacer allí? —preguntó su madre.

—Me gustaría trabajar en un museo. De los grandes. En el British Museum.

Agnes pronunció las dos últimas palabras en voz muy bajita. Le parecía una osadía pensar siquiera en el British Museum porque ella nunca había sido de las que sueñan en pantalla grande y a todo color. Pero, quizás, si se atrevía a verbalizar sus más alocados deseos, encontraría el coraje necesario para luchar por ellos. No es que Agnes fuese una incondicional de la filosofía *new age*, pero todos los seres humanos necesitan alguna vez creer en la bondad de sus destinos.

Fue el paisaje crepuscular de las suaves ondulaciones de Oxirrinco, durante las excavaciones de primavera, el que le había inspirado la idea de emigrar a Londres en busca de nuevas oportunidades profesionales. Agnes era licenciada en Arqueología y desde hacía cinco años trabajaba, en períodos temporales discontinuos, en el yacimiento que dirigía el profesor Josep Padró. Oxirrinco, o El-Bahnasa, situada al sudoeste de El Cairo, había sido la ciudad de Per-Medyed del Alto Egipto, un enclave cultural y comercial esplendoroso en la época helenística y un rincón abandonado tras la invasión árabe del siglo VII. Desde finales del siglo XX, la Universitat de Barcelona, la Societat Catalana d'Egiptologia y el Servicio de Antigüedades de Egipto lideraban un proyecto de investigación histórico-arqueológica de la zona. Sus yacimientos, la conservación de las estructuras recuperadas, sus nuevos descubrimientos arqueológicos y la investigación sobre la época helenística en el Antiguo Egipto eran los cantos de sirena que cautivaban a Agnes cada año. Con la caída del sol, terminada su jornada, la arqueóloga paseaba por las hermosas ruinas observando los colores únicos de África en el suave asentarse del polvo sobre los perfiles de la excavación. Le gustaba imaginar que Flinders Petrie había caminado por esos mismos senderos de tierra y piedra en los años veinte del siglo anterior.

Resultaba sencillo dejarse llevar por el romanticismo de la arqueología, por el compañerismo de los investigadores y el entusiasmo de su profesor. Pero cada verano, cuando se suspendían los trabajos de campo y Agnes volvía a Barcelona, surgía inevitable el choque con su insatisfactoria realidad: había perfeccionado su dominio del idioma inglés, pero seguía sin tener un trabajo estable, vivía con sus padres y todos sus amigos arqueólogos se habían marchado del país o malvivían de contratos basura. Resistía la tentación de dedicarse a la enseñanza porque tenía miedo de sucumbir a la claustrofobia de las aulas y engañaba su desazón estival redactando trabajos de investigación sobre los progresos en Oxirrinco. Hasta la fecha había publicado tres, uno de ellos reconocido por el doctor Josep Padró y otros arqueólogos de prestigio. Sabía que era insuficiente para abrirle las puertas del British, pero se habría odiado a sí misma si no lo hubiese intentado.

Desde que se había mudado a Londres, había exprimido sus contactos hasta el punto de volverse insoportable, conocía de memoria la dirección de media docena de agencias de trabajo de la ciudad y había entregado personalmente su currículo en todos los museos que visitaba. Nadie parecía necesitar a una arqueóloga de la antigüedad. Ni siquiera en los rincones más insospechados de los reputados templos sagrados de los ingleses.

—No tenemos excavaciones en Stratford-upon-Avon —le dijo, muy seria, la señora de pelo blanco y gafas de concha que había tenido la amable deferencia de leerse sus referencias en la segunda planta de la British Library.

—No tiene por qué ser una excavación.

—Discúlpeme, pero no entiendo por qué quiere trabajar con nosotros. Sabe que esto es The Shakespeare Society, ¿verdad?

—Quizás necesiten desenterrar algún manuscrito. O comprobar su antigüedad.

—Trabajamos con lingüistas y demás seres extraños, no con arqueólogos.

—Tendrán historiadores.

—Debería comprobarlo en los anales —se rio la señora de su propio ingenio.

—Los arqueólogos son historiadores que se ensucian más las manos.

—Pues como no sea con el polvo de los libros...

—Podría limpiarlos.

Fue en ese preciso instante cuando Agnes Martí tomó consciencia de que la desesperación y la tristeza habían empezado a hacerla enloquecer.

Abandonó trágicamente a la señora de pelo blanco y con gafas de concha —muchas Julietas habrían admirado su dramática salida de escena— y dejó que sus pasos la llevaran hasta la estación de tren de Saint Pancras. Agnes no sentía una especial inclinación por las estaciones ferroviarias pero Saint Pancras, con su ladrillo bermellón, sus arcos ojivales y su bellísima estructura, le había robado su corazón de desempleada errante. La espectacular fachada gótica aparecía en las películas de Harry Potter simulando ser el exterior de su estación vecina, King's Cross, mucho más discreta. A Agnes siempre le había intrigado por qué J. K. Rowling no había situado el andén 9 y 3/4, desde donde partía el expreso a Hogwarts, en el interior de Saint Pancras.

Pero no había sido ninguna cuestión literaria la que había enamorado a la arqueóloga a los pocos días de su llegada a Londres. Si Agnes había hallado cierta paz y consuelo en la estación de Saint Pancras, además de por su arquitectura, había sido por dos personas, una de metal y otra de carne y hueso: la estatua del poeta John Betjeman, cerca de la entrada principal, y su compañera de casa, Jasmine, que trabajaba de camarera en la pequeña tienda-café que Fortnum & Mason tenía casi a pie de andén. La primera le recordaba el romántico espíritu de la libertad, pero también el tesón y el esfuerzo por seguir los dictados del corazón. La segunda le caía bien y le traía earl grey con una nube de leche y el pedazo de *carrot cake* más rico de Londres.

John Betjeman había luchado incansable por la conservación de la estación de Saint Pancras cuando Londres se planteaba muy seriamente su derribo o su completa transformación tras los bombardeos de la Segunda Guerra Mundial. Sostenía, incansable, que Saint Pancras era «demasiado hermosa y demasiado romántica para sobrevivir en un mundo de hormigón» y, por eso mismo, debía sobrevivir. Fue su apasionado romanticismo la pieza clave que sostuvo y conservó el edificio original, que en el siglo XXI constituía uno de los tesoros londinenses, y ofrecía una fugaz esperanza a las arqueólogas cansadas.

A Agnes le encantaba la escultura de Betjeman, obra de Martin Jennings, en la que se sujetaba el sombrero con la cabeza alzada y contemplaba la luminosa bóveda de la estación. Le parecía tan reconfortante como encontrarse con un viejo y querido amigo. A sus pies, circundándole, un fragmento de uno de sus poemas, «Winter Seascape»:

Here where the cliffs alone prevail
I stand exultant, neutral, free,
And from the cushion of the gale
Behold a huge consoling sea.

Aquella tarde de primavera en la que había tocado fondo, saludó en silencio al poeta y se dirigió presurosa a Fortnum & Mason. Entró en la tienda y se sentó en el fondo, donde estaban las mesas redondas dispuestas para la hora del té, aunque Agnes todavía ignoraba qué hora debía ser esa puesto que, por lo que había podido observar hasta la fecha, los londinenses parecían tomarlo a todas horas. Jasmine, una mujerona negra, de vivaces ojos castaños y generosa sonrisa, salió de la trastienda y se alegró al verla. Por intermediación de una amiga común, le había alquilado una de las habitaciones más grandes de su casa y estaba encantada de que, por una vez, su inquilina le resultase tan simpática.

—¿Lo de siempre?

—Sí, por favor.

No se le escapó a la camarera y arrendataria el tono de derrota de su clienta, pero prefirió servirle el té y el trozo de pastel antes de preguntarle por sus aires trágicos de Julieta abandonada.

—Me han echado de la Shakespeare Society.

—¿Les mencionaste a Marlowe?

—Les dije que era arqueóloga y necesitaba trabajo.

Agnes removió su té con la cucharilla y se fijó en el delicado dibujo de florecillas rojas y verdes que decoraba la taza de porcelana.

—Si no consigo algo pronto, tendré que volver. Voy mal de fondos y esto está resultando más difícil de lo que pensaba.

—¿Por qué se te ocurrió pensar que encontrar un buen trabajo en Londres sería más sencillo que en Barcelona? —se interesó Jasmine.

—Porque es Londres, ciudad de las maravillas... Y de los museos que pasan de mí.

—Mi querida Alicia —sonrió la camarera—, esto no es la madriguera del Conejo Blanco.

—Podría trabajar aquí —se sorprendió a sí misma Agnes pronunciando en voz alta.

—¿En la fiesta de no-cumpleaños del Sombrerero Loco?

La agradable iluminación, la decoración en cálidos tonos de madera clara, el aroma del té recién hecho la invitaban a refugiarse en esa posibilidad.

Jasmine negó enérgica con un gesto de cabeza que puso en movimiento sus rizos oscuros.

—No durarías ni una semana.

—Soy experta en la reconstrucción de vasijas. Vuestras tazas no pueden ser tan distintas a las *terra sigillatas*.

El encargado, un belga delgaducho y pálido que corría el riesgo de ser confundido con el producto en un anuncio de escobas, llamó a Jasmine para que atendiese a una pareja recién llegada. Agnes ocupó la ausencia de su amiga en dar buena cuenta de su exquisita tarta de zanahoria y fantasear sobre la probabilidad de emplearse como catadora de repostería.

—Se me ha ocurrido algo —interrumpió Jasmine sus ensoñaciones cuando estuvo de vuelta—. Antes, cuando te he llamado Alicia... Hay un lugar...

—¿La madriguera del conejo?

—No, aquí en Londres. El barrio del Temple. Creo que es justo lo que necesitas para olvidarte de esos pensamientos tan funestos que te acompañan hoy.

—¿Hay muchos museos y sociedades históricas?

—No.

—Entonces ¿por qué quieres que vaya?

—Porque... porque ya lo verás.

—¿Y qué voy a hacer allí? ¿Contradecir a la Reina de Corazones hasta que pida a gritos mi cabeza? Ni decapitada dejaría de obsesionarme con mi mala fortuna.

Agnes le tendió a su amiga la taza y el plato vacíos sintiéndose gruñona y malhumorada.

—¿Qué voy a encontrar, Jasmine? —Suspiró.

—Depende de lo que estés buscando.

Agnes abandonó Saint Pancras con un lastre en el corazón y la certeza de que el polvo amarillo que había ensuciado las botas de Petrie en Oxirrinco le había nublado su buen juicio cuando se le ocurrió la idea de emigrar. Dispuesta a sacar un billete de vuelta con las tristes migajas de su cuenta corriente, decidió darle una oportunidad a la sugerencia de Jasmine como una bonita manera de decirle adiós a aquella ciudad extraordinaria. Mientras bajaba las escaleras del metro que la llevaría hasta la parada del Temple, rumiaba su derrota.

Entre la orilla del Támesis y Fleet Street, no demasiado lejos de Waterloo Bridge, los Middle Temple Gardens se extienden como una frondosa alfombra de bienvenida al remanso de paz que son las callecitas, patios y jardines del Temple. Agnes los atravesó prendida del encanto otoñal de sus parterres en flor y la diversidad de colores de sus altos árboles, su pesimismo súbitamente en suspenso. Cuando atravesó el arco que constituye la entrada al Temple desde el Embankment pensó que siempre había tenido una idea muy distinta de la City. Caminar por aquel entramado de calles, apenas transitadas, limpias y silenciosas, la reconcilió con el mundo. Había leído en su Baedeker que la mayoría de los abogados de la City —los miembros de los Inn of Courts— y demás seres prodigiosos vivían en aquellas pintorescas casas, casi todas en formación alrededor de bonitos patios ajardinados.

Jasmine había acertado cuando pensó que un paseo al atardecer por aquel pedacito de encanto inglés sería un bálsamo para la desazón de su amiga. Ignorando que las nubes rosas se alejaban en dirección al Támesis y que el cielo se tornaba gris sobre su cabeza, Agnes había recuperado su espíritu aventurero y recorría curiosa nuevos caminos. En un arranque de osadía intentó visitar la iglesia del Temple. Tres veces. No logró encontrar manera de entrar en ella hasta el cuarto intento, pero celebró su desorientación prescindiendo de mapas y de relojes.

Descansó en media docena de bancos incomodísimos para disfrutar del silencio de los diminutos jardines, tan cuidados, y por primera vez en mucho tiempo supo verse como una Alicia perdida en el laberinto, sin temor alguno por ignorar la salida. Y porque un lugar que da cobijo a los abogados no puede ser de fiar —por muy pacífico que parezca— y porque ese había sido el único día en el que la previsora arqueóloga había salido sin paraguas, empezó a llover.

La noche, cómplice de la lluvia, se cernió rápida sobre la ciudad. Empezó a no parecer tan atractiva la aventura de vagar sin rumbo. Agnes abandonó la contemplación desde los bancos y echó a andar en dirección al río. O eso esperaba. Pensó que la vida tenía un sentido del humor peculiar cuando se dio de bruces con la entrada a la iglesia del Temple. Volvió sobre sus pasos, desorientada, consciente de que la lluvia arreciaba empapando sus cabellos larguísimos de princesa exiliada, volviéndole pesado el abrigo y echando a perder sus únicos zapatos presentables.

Al doblar la esquina de un nostálgico edificio eduardiano alzó la cabeza en busca del nombre de la calle. Quizás porque sus ojos se llenaron de agua, a Agnes le parecieron de un azul onírico los artesonados que enmarcaban una tienda singular. En el mismo color, un cartel con letras blancas de preciosa caligrafía presidía unos escaparates de alegre iluminación que contrastaban con la inclemencia de sus pies mojados.

—«Moonlight Books» —leyó en voz alta.

Sin otra excusa que la de refugiarse de la lluvia con mucho retraso —su cerebro se hallaba agradablemente desconectado, quizás atrofiado por el polvo del desierto egipcio que todavía acumulaba—, posó su mano derecha sobre el pomo en forma de pluma y entró en la librería.

Agnes prefirió pensar que era el frío de sus ropas mojadas y no el lúgubre tañido de las campanillas de la puerta lo que erizó el vello de su piel.

3

El amor de Edward Livingstone por Sioban Clark era profundo como el océano. Probablemente él no habría empleado esas palabras para describir sus sentimientos pero, desde el primero hasta el último rincón más escondido de su conciencia, sabía que eran ciertas. La había conocido estando ambos inmersos en un mar de libreros y editores vociferantes. Mientras todos a su alrededor opinaban sobre la idoneidad de subir los precios de las ediciones en rústica hasta alcanzar el escándalo, ella leía. Edward se había acercado impelido por la curiosidad —que solo entiende un lector por otro— de descubrir el título de la novela que tan absorta la tenía. Con el transcurrir de los años le costaba decidir si se había prendado primero de su agradable apariencia, de su capacidad de aislarse de la multitud, de la delicadeza con la que sus blancas manos sostenían el libro o de que ese libro fuese *El anticuario,* de sir Walter Scott. Habían transcurrido doce años desde entonces.

Sioban había empezado su carrera laboral como comercial en Penguin Classics.

Visitaba las librerías de Londres con los catálogos de novedades y convencía a los libreros de que los autores de siglos pasados siempre eran un valor fiable. La única razón por la que nunca había entrado en Moonlight Books era porque Edward no necesitaba que le convencieran sobre nada que se hubiese publicado con anterioridad al siglo xx; las novedades del catálogo de Penguin llegaban, íntegras y sin discusión, a su librería cada mes.

La tarde en la que coincidió con el señor Livingstone en el cónclave de libreros y editores vociferantes, Sioban leía en busca de una calma que estaba muy lejos de sentir. Hacía apenas un mes que, junto con un buen amigo de su época universitaria, había fundado su propia editorial. La habían bautizado con el nombre de Symbelmyne, con la esperanza secreta de que un día la suerte les alcanzase para publicar alguna obra de J. R. R. Tolkien. Como el capital inicial de que disponían era irrisorio, durante los dos primeros años habían decidido publicar buenas adaptaciones de obras cuyos derechos de autor hubiesen expirado. No habían hecho más que empezar pero Sioban, que pensaba que aquel era el proyecto más importante de su vida, tenía pesadillas con imprentas y distribuidores. Sus inquietudes nocturnas habían llegado a tales extremos que a menudo se despertaba sobresaltada con la imagen en la cabeza de una portada horrorosa de *Orgullo y prejuicio* que incluía zombis sangrantes.

—¿Qué tal por Monkbarns? —la había interrumpido Edward en aquella reunión del gremio.

Sioban alzó la vista de su libro y se quedó mirando a aquel hombre alto y delgado, de pelo oscuro, gafas sin montura y pequeños ojos azules.

—¿Disculpe?

—Es uno de mis libros favoritos —le aclaró, señalando el ejemplar que tenía en su regazo. A continuación le tendió la mano y sonrió—. Edward Livingstone, librero.

Con el tiempo, el señor Livingstone no estaba seguro de si en aquel primer acercamiento había tenido la intención consciente de flirtear con la hermosa lectora de sir Walter Scott; pero sabía que sus sonrisas, habitualmente escasas, eran capaces de desarmar cualquier coraza.

—Sioban Clark, comercial. —Estrechó su mano—. Disculpe, no, soy editora... de una editorial. De una editorial pequeña. No, nueva. Nueva y pequeña. Oh, por favor, no me deje seguir hablando, dispáreme o algo.

—Quizás luego. Ahora me apetece mucho más una taza de té. ¿Por qué no me acompaña?

—Sí, por favor. Le prometo mantenerme muy ocupada masticando emparedados.

Ese fue el primero de muchos otros tés con emparedados de pepino, la antesala de cenas, de paseos por el parque, de sesiones de películas en blanco y negro, y de visitas a otras librerías.

Pues es una verdad universalmente reconocida que toda historia de amor que valga la pena empieza con una invitación a tomar el té.

Doce años después, la pequeña editorial de Sioban Clark seguía siendo pequeña, aunque la satisfacción que proporcionaba a su fundadora era enorme. Con el transcurrir de los meses había dejado atrás las pesadillas sobre portadas espantosas y distribuidores caprichosos; su sueño era tranquilo y reparador excepto, quizás, durante la semana en la que su contable aparecía con la temible declaración de impuestos trimestrales y el balance de pérdidas y ganancias. Sioban, que compartía contable con Edward —un joven pelirrojo llamado Percival Donohue—, deseaba poseer el talento de este para mantener la sangre fría ante la evidencia de que no ganaban más que para cubrir los gastos de sus respectivos negocios y de dos vidas sencillas.

—No nos dedicamos a los libros para ganar dinero, ni siquiera porque sea un negocio, una manera más o menos honrada de ganarse la vida.

—Habla por ti, Edward —se quejaba Sioban cuando a su

librero preferido le entraban esas ínfulas filosóficas—. Yo quiero comprarme un bolso nuevo y este mes no va a poder ser.

—¿Qué importan los bolsos cuando acabas de editar *La expedición de Humphry Clinker*, de Tobias Smollett?

—Dicho así, haces que me sienta juzgada y censurada por el bueno de Tobias.

—Él odiaba los lujos.

—¿Era librero?

—Escritor y editor —sentenciaba feliz Edward—. Los libros no son nuestro negocio, son nuestra vida. ¿Desde cuándo vivir reporta beneficios monetarios?

—Era un bolso tan bonito...

Una noche de luna llena, en el transcurso de un picnic la luz de una vieja linterna portátil, bajo la claraboya cristalina de Moonlight Books, el señor Livingstone le había pedido matrimonio a Sioban por vez primera.

—Cásate conmigo —había dicho mientras chocaba su copa de chardonnay con la de la editora.

—¡Edward!

—Tengo todos los libros de tu catálogo. Eso es amor.

—Amor por los libros.

—Cásate conmigo por mis libros.

—Claro que no.

—Cásate conmigo por mi dinero.

—Tú no tienes dinero.

—Entonces cásate conmigo porque te quiero como no he querido nunca a nadie. Ni siquiera a los libros.

Sioban había acallado sus delirios con un larguísimo beso bajo la noche estrellada.

—Te quiero, Edward, te quiero muchísimo. Y por eso mismo no voy a casarme contigo.

El señor Livingstone estudió con detenimiento el pozo de sabiduría que escondían los iris de su amada y escuchó paciente las razones por las que Sioban había perdido la fe en el matrimonio. Haciendo gala de sus extraordinarias dotes de estratega, no osó rebatir ni uno solo de sus argumentos; guardó silencio y archivó, concienzudo, la información. Ella le había dicho que le amaba, eso le concedía tiempo para convencerla.

Desde aquella noche de luna llena, el señor Livingstone había rebatido cada una de las razones de Sioban y le había pedido que se casara con él en otras dos ocasiones distintas. La última respuesta de la hermosa editora no había sido tan firme, ni mucho menos, como había sonado la primera vez que había rechazado su propuesta. Edward tenía el secreto convencimiento de que los libreros pacientes salían victoriosos de sus honorables lides.

Los jueves, la editora pasaba la tarde entera en Moonlight Books después de salir a comer con su propietario. Sabía que ese era el día de la semana de los acontecimientos inesperados y disfrutaba en secreto de la cara de mártir de Edward cada vez que las campanillas de la puerta sonaban para dejar paso a la incertidumbre. Sioban solía echarle una mano con los catálogos y renovaba el escaparate, pero pasaba casi todo el tiempo en el piso de arriba, en la sección de Historia, merendando con Oliver o escuchando extasiada las conferencias del pequeño genio sobre los misterios del universo. Sin embargo, aquel jueves le había deparado un placer añadido: Oliver había grabado, con el consentimiento de los implicados, las entrevistas que el señor Livingstone había estado haciendo esa semana en busca de ayudante. A Sioban empezaba a dolerle el estómago de la risa.

—Y esta fue la tercera. Una chica, estudiante de Biología —le aclaró Twist antes de reproducir el archivo de sonido en su teléfono móvil.

«—¿Puede garantizarme que todos los libros de esta librería están impresos en papel reciclado?

»—¿Disculpe?

»—El gramaje adecuado y niveles de cloro aceptables. Ah, y la tinta, sin exceso de plomo y avalada por el consejo regulador de...

»—¿Va a comerse alguno de mis libros?

»—¡Ya salieron los prejuicios! —La chica sonaba muy indignada—. ¡Lo dice porque soy vegana!»

—Ahora vienen casi cinco minutos en los que la estudiante de Biología le explica al señor Livingstone la relación directa y malvada, muy malvada, entre la deslocalización de la industria alimentaria y las oportunidades de mercado de las imprentas —advirtió Oliver.

—Ponme la siguiente, por favor.

Sioban se enjugó las lágrimas que le corrían por las mejillas. Se moría de la risa con solo imaginar la cara de Edward. Él, que siempre había sido tan reticente a hablar incluso con los clientes, se veía en la tesitura de entrevistar a una pandilla de lunáticos en busca de trabajo.

«—Cuénteme su experiencia laboral —se escuchaba la voz del librero en la grabación de Oliver.

»—Preparo cócteles. En una coctelería. Cada noche, de nueve a dos.

»—¿Y por qué quiere trabajar en una librería?

»—Por el horario. Puedo compatibilizarlo con el de la coctelería. Y no creo que vender libros sea tan distinto a poner bebidas en un bar.

»—En absoluto.

»—Clientes que beben y clientes que leen, ¿ve? Cada uno tiene sus adicciones y ocupa su tiempo de ocio como mejor le parece.

»—Es usted un poeta.»

—Cuando se fue, me tomé dos dedos de whisky con hielo. No iba tan desencaminado —les interrumpió el señor Livingstone asomándose por la escalera de caracol—. Me alegra que mi desdicha os resulte tan divertida.

Sioban y Oliver le miraron risueños.

—Esto es buenísimo, Edward, material de primera —le animó ella—. Podrías publicar un libro como *Cosas raras que se oyen en las librerías*, de Jen Campbell. Tendría mucho éxito.

—Me acusarían de poca credibilidad.

—El candidato número diez no estaba mal —intervino Oliver, buscando el archivo de audio.

«—... y podría hacer una performance para demostrar la disfunción del posneorrealismo según la Escuela de Viena. Blindaría el escaparate como un búnker, esparciría tripas de cerdo por las paredes y abriría una trinchera que simbolizase...

»—¿Se da cuenta de que esto es una librería?

»—Claro.

»—¿Un lugar donde se venden libros?

»—Por supuesto.

»—¿A personas que desean leerlos? ¿Personas sin ningún interés en las tripas de cerdo?»

Edward puso los ojos en blanco y se negó a seguir escuchando. En el piso de abajo, las campanillas habían vuelto a sonar, pese a que ya era la hora del cierre.

—Os odio —sentenció antes de bajar con las risas de la pareja a sus espaldas.

El señor Livingstone estaba a punto de decirle a la recién llegada que iba a cerrar cuando se quedó paralizado al pie de sus extraordinarias escaleras. La chica, de largos cabellos mojados por la lluvia, había dejado junto a la puerta abrigo, zapatos y calcetines y caminaba descalza sobre los suelos de madera crujiente de Moonlight Books. A Edward le pareció que la librería entera contenía el aliento, expectante, cuando ella avanzó admirando las altísimas estanterías atestadas y se detuvo junto a la mesa de los libros ilustrados. Ajena a que estaba siendo observada, se puso de puntillas para admirar la vitrina de cristal y su valioso contenido. Al librero le pareció como si una ninfa descalza hubiese entrado en sus dominios subyugada por una magia tan antigua como las páginas del diario de su antepasado.

El último peldaño de las escaleras se quejó bajo el pie de Edward y la recién llegada se giró en su dirección.

—Es el diario original del doctor David Livingstone, supongo.

Al escuchar la voz de la desconocida, Sioban y Oliver asomaron las cabezas con disimulo por el hueco de la escalera.

—Oh, disculpe, qué broma tan estúpida. Deben de habérsela hecho millones de veces.

—No crea. La mitad de las personas que entran aquí no alzan los ojos hasta la vitrina y la otra mitad ni siquiera saben quién fue David Livingstone.

Edward miró con detenimiento a la joven. Pálida, grandes ojos castaños y mejillas sonrosadas por el cambio de temperatura con respecto al exterior. Pensó que parecía triste y perdida. No, triste no. Melancólica y perdida.

—Uno de los motivos por los que me hice arqueóloga fue por la historia del doctor Livingstone y del señor Stanley —le confesó la chica—. Aunque mis padres le jurarán que fue por Indiana Jones.

—No le culparía si así fuese. Nadie luce un fedora tan bien como él.

Al librero le gustó su sonrisa.

—Es muy tarde y no encuentro el camino de vuelta al metro, ¿podría indicarme, por favor, cómo llegar hasta la estación?

—¿Qué estación?

—Una cualquiera, la que esté más cerca.

—No le sirve cualquier estación. Depende de adónde desee volver.

Al señor Livingstone le gustó sentirse como el Gato de Cheshire, pero Sioban, todavía espiando desde el piso superior, puso los ojos en blanco.

—Dígame —la interrogó Edward—, ¿de dónde viene?

—De Saint Pancras.

—Me refería a su acento, pero me encanta esa estación de tren. Con la estatua de John Betjeman.

El rostro de la muchacha se iluminó con una nueva sonrisa.

—A mí también. Vengo de Barcelona, pero hace tantos años que hablo su idioma que tenía la esperanza de haber desterrado el dichoso acento.

—Es suave y jamás hubiese dicho que fuese español.

—Quizás porque perfeccioné su idioma en Oxirrinco, en una comunidad internacional de arqueólogos, siguiendo los pasos de Petrie.

—A Petrie le hubiese gustado, era de Greenwich y allí se pirran por los acentos bonitos —le aseguró el librero—. ¿Sabe que Betjeman fue alumno de C. S. Lewis en el Magdalen? —preguntó, retomando la conversación sobre la estatua de Saint Pancras—. Lewis solía decir de él que era un mojigato haragán.

—Yo creo que encontró su motivación cuando decidió salvar Saint Pancras.

El señor Livingstone, que compartía una idea aproximada sobre el poeta, la observó atentamente por encima de sus gafas y le tendió la mano.

—Edward Livingstone —se presentó formalmente—, propietario de Moonlight Books.

—Agnes Martí —respondió ella, estrechando su mano—, arqueóloga perdida, arruinada y sin trabajo. ¿Es usted pariente del doctor Livingstone?

—Un tataranieto o algo similar. ¿Ha dicho que no tiene trabajo?

Agnes asintió. Su cabello empapado le daba un aire trágico de princesa abandonada bajo la lluvia.

—No se asuste —le confesó el señor Livingstone en un susurro—, pero voy a invitarla a tomar un té y, cuando lo pronuncie en voz alta, dos de mis amigos más peculiares bajarán en estampida en busca de bizcochos. Son inofensivos.

—¿Por qué iba entonces a asustarme?

—Porque me temo que le pedirán que se quede a trabajar en Moonlight Books.

4

Seguía lloviendo a cántaros cuando Agnes fue invitada formalmente a un té con bizcochos de nata en Moonlight Books. Mientras el señor Livingstone preparaba la tetera en la trastienda que le hacía las veces de despacho y almacén, Sioban y Oliver se presentaron sin demasiadas formalidades y le comentaron la tradición del último té de los jueves.

—Es en el rincón de los románticos —le explicó el niño mientras la acompañaba hasta el lugar indicado.

Agnes no tuvo que preguntar a qué se refería en cuanto tropezó con los sillones tapizados en terciopelo de color ciruela y una mesita baja en la esquina en la que confluían las obras de Shelley, Byron, Coleridge, Wordsworth, Goethe, Keats, Scott y demás apasionados dolientes aquejados por la enfermedad incurable del romanticismo.

Quizás fue por los bizcochos de nata; o por los agradables habitantes de aquella librería de suelos de madera y escalera de hierro forjado; o por la rauda incursión de la abogada rubia que secuestraba cada noche a Oliver Twist; o porque al cierre de la tienda, Sioban había compartido un taxi con ella hasta la misma puerta de su casa. Quizás fue por todo —por el té y la amabilidad bajo la lluvia, por la magia de las noches de noviembre en el Temple— que Agnes aceptó la oferta del señor Livingstone para trabajar en Moonlight Books, de una a siete de la tarde, todos los días de la semana excepto los domingos.

—No puedo pagarte demasiado —se había excusado el librero—, apenas tengo beneficios para regalarle un bolso a Sioban por Navidades.

—No dejes que empiece a hablar de dinero —le advirtió la aludida— o te convencerá de que los libros son una forma de vida que no requiere salario.

—«¡Admirable Miranda, cumbre de toda admiración, que vales lo que el mundo más estima!»* —citó su enamorado por respuesta.

Pero antes de salir de la librería, el señor Livingstone le había pasado a Agnes, a modo de adelanto de su contrato, un papelito escrito a mano con sus horarios, vacaciones y la especificación de una cantidad salarial que a ella le pareció ge-

* William Shakespeare, *La tempestad*, acto I, escena II.

nerosa. Se prometió a sí misma que, pese a aceptar la oferta de trabajo de Edward, se reservaría las mañanas para seguir buscando su lugar en uno de los museos de la ciudad. No había sido una rendición al encanto de los habitantes de la singular librería, sino un oasis en medio de su desesperación profesional.

—No sé demasiado de libros, excepto que me gustan. Sobre todo los de historia antigua y arqueología. También los de paleontología —le había asegurado a Livingstone.

—Edward se contenta con que no desees comértelos —le sonrió con misterio la editora.

El señor Livingstone no había dado explicaciones o instrucciones para tranquilizarla al respecto, pero tampoco le había preguntado por su experiencia laboral o sus motivaciones. Parecía extrañamente convencido de que Agnes había entrado en su librería por el conjuro mágico que había colgado en el escaparate de su tienda unos días atrás: SE NECESITA AYUDANTE. No le importaba que anduviese a la caza de un lugar más adecuado a sus ambiciones profesionales ni que fuese incapaz de encontrar Moonlight Books al día siguiente. Y Agnes había aceptado la oferta a la primera, dispuesta a darse otra oportunidad antes de comprar el billete de avión de vuelta a Barcelona. Necesitaba ingresos para persistir en su aventura y tenía la sensación de que aquella librería iba a ser su chaleco salvavidas en un sentido más trascendental que el económico.

Agnes vivía en Kensington, cerca de Earl's Court, en una de las pequeñas casas de dos pisos con patio y minijardín que salpicaban las callecitas interiores de las grandes avenidas. Una amiga, que se había trasladado a Oxford recientemente, le había recomendado el contacto de Jasmine y Agnes había alquilado a ciegas una habitación. Cuando llegó a la dirección que le había proporcionado supo que había empezado con buen pie su aventura londinense.

La modesta casita era propiedad de la abuela de Jasmine, que hacía unos años se había ido a vivir al campo con una hermana soltera y le había dejado a su única nieta la vivienda. Jasmine completaba su sueldo de Fortnum & Mason alquilando una de las habitaciones de la casa, opción que se estaba replanteando desde que los dos últimos inquilinos habían resultado ser apestosos y poco puntuales con el pago. Le había dado una oportunidad a Agnes porque venía recomendada por una amiga común, pero no respiró tranquila hasta que la conoció. Le pareció una chica simpática y responsable, ordenada por fuera y por dentro. Contribuyó a su tranquilidad el suave aroma de algodón que desprendía a su paso y que el earl grey de Fortnum fuese su té preferido en todo el universo conocido.

—Llegas tardísimo —la saludó Jasmine desde el salón principal de la planta baja.

—Si querías deshacerte de mí no tenías más que decirlo en inglés. Lo entiendo bastante mejor desde que vivo aquí.

—Te has perdido.

—La próxima vez que me envíes al Temple asegúrate de dibujarme un mapa del tesoro.

—Estás empapada. Ve a cambiarte y a secarte el pelo, y cenaremos algo —le recomendó su compañera de casa.

—¿No vas a preguntarme?

Jasmine la miró sin comprender.

—¿No vas a preguntarme si lo he encontrado? —insistió Agnes.

—¿La iglesia del Temple?

—El tesoro.

—¿Vas a excavar en las tumbas de los templarios? —se horrorizó su amiga.

—Casi tan bueno como eso: voy a trabajar en Moonlight Books.

—¿Eso es un museo de templarios muertos?

—Deja descansar en paz a los templarios, Jasmine. No, es una librería. No hay espadas ni órdenes religiosas ni tendré que reconquistar Tierra Santa. Pero tendré un sueldo y las mañanas libres para seguir con las entrevistas y la búsqueda del grial.

—Pues si eso es lo que deseas, me alegro muchísimo. —Sonrió con generosidad—. ¿Por qué no vas arriba a cambiarte y secarte y salimos para celebrarlo? Invito yo.

La nevera de Jasmine siempre estaba llena a rebosar de exquisitas delicatessen de Fortnum & Mason, puesto que era política de la empresa que sus empleados se llevasen a casa el excedente del día, los envasados a punto de caducar o con alguna irregularidad en el etiquetado, y todo aquello que no se destinaba a comedores sociales. Pero incluso Agnes —que adoraba la comida y el té de la compañía que había inventado los *Scott eggs* para viajeros, donado la comida para las expediciones africanas bajo el auspicio de la reina Victoria y enviado cestos con productos de primera necesidad a las *suffragettes* encarceladas por sus acciones activistas— a veces necesitaba un respiro de tanto histórico glamour. Cuando esto sucedía, las inquilinas de la pequeña casa de Kensington bajaban al pub de la esquina para disfrutar de una pinta de cerveza negra y todas las patatas fritas que acompañaban a las buenas hamburguesas de R. Cadwallader.

El Darkness and Shadow, pese a su tenebroso nombre, era un pub tradicional londinense de barrio. Eso suponía que a veces era asaltado por hordas de futboleros y otras se convertía en hogar de jubilados que jugaban a los dardos; era sede de asociaciones de teatro y poetas, y el refugio de algún turista despistado recién salido de la estación de Earl's Court. Su decoración, en tonos verdes y granates, de paredes de piedra y suelo y mobiliario de madera, sufría de un exceso de fotografías de mineros inexplicablemente alternadas con reproducciones de espadas sajonas y normandas de milenios remotos. Agnes no estaba segura de si le fascinaban más las hermosas hojas grabadas con motivos de otros tiempos o el contraste con las dramáticas escenas mineras.

El pub, que había sido taberna y hospedería en la niebla de los tiempos, había permanecido en la misma familia, pasando de padres a hijos a lo largo de todo el siglo XIX, hasta que a principios del XX lo había comprado un magnate de las franquicias. Había sido cerrado y multado en los años veinte por servir pasteles de carne en Navidad —el *mince pie* estaba prohibido por ley durante las festividades navideñas— y había sido bombardeado durante la Segunda Guerra Mundial. Constituía, en esencia, un pedacito de la historia de Londres donde sus cansados habitantes encontraban un oasis de relativa paz, camaradería y excelente cerveza. Desde finales del siglo anterior era propiedad de Solomon Drake, que regentaba la recia barra de madera junto con su hijo Michael. Los Drake, que negaban cualquier parentesco con el famoso pirata ascendido a sir, sabían que su clientela se debía a su cálida hospitalidad, a su canal de deportes y a la buena mano de su cocinero, R. Cadwallader, un galés de tan mal genio que nunca habían osado preguntarle a qué nombre correspondía la inicial que precedía a su apellido.

Hay un proverbio chino que dice «si no sabes sonreír no abras un negocio». Los Drake, cuya barba parecía dificultarles la gimnasia facial en ese sentido, lo suplían con amabilidad, simpatía y buenas intenciones. Conocían a Jasmine de mucho tiempo atrás, y apreciaban su optimismo y su sentido del humor, por eso siempre que el Darkness and Shadow no estuviese atestado por ser día de partido, le ponían una mesa baja y una o dos cómodas butacas cerca de la chimenea en cuanto la veían entrar. Aquella noche lluviosa, sentarse junto al fuego en la agradable penumbra del Darkness fue una bendición.

Agnes, con el pelo seco, pantalones cómodos y jersey rosa de lana, se arrellanó en su sillón deshilachado y se le escapó un pequeño suspiro de satisfacción. Las llamas danzaban alegremente con el chisporroteo de los leños y dotaban de una luz cálida y acogedora a su alrededor. Las espadas sajonas cruzadas sobre la chimenea, dos de las piezas preferidas de la arqueóloga, presidían la escena de suave penumbra. La iluminación tenue, el murmullo de las conversaciones de los otros parroquianos, la madera y la piedra del Darkness... todo contribuía al hechizo de bienestar que conforta las almas de los viajeros tras una larga jornada.

—Por los comienzos. —Jasmine alzó su pinta de cerveza negra en cuanto Michael les sirvió.

—Por un día más en la ciudad de Howard Carter.

—¿Ese es el de la maldición de Tutankamón?

—La misma maldición que caerá sobre mí cuando tenga que realizar la declaración de la renta el próximo año.

—Te ayudaré —prometió Jasmine—, lucharemos juntas contra las absurdas leyes británicas.

—¿Cómo son de absurdas?

—Veamos... Es ilegal morirse en el Parlamento. —Enumeró con los dedos a medida que enunciaba las leyes—. No puedes ir en taxi si tienes la peste. Puedes matar a un escocés dentro de las murallas del castillo pero solo si va armado con arco y flechas. Y, eh..., sí, mi preferida: si aparece una ballena muerta en las costas británicas, su cabeza pertenece al rey y la cola, a la reina, pero solo en el caso de que necesite varillas nuevas para su corsé.

—Rellenaré el formulario de criadora de elefantes en lugar del de trabajadora por cuenta ajena y me deportarán por no pagar impuestos sobre cacahuetes, ¿verdad?

—Me alegraría que te quedases...

Agnes aseguró que ella compartía el sentimiento.

—... y me ayudases con el alquiler. —Se rio su amiga.

Agnes empezó a trabajar oficialmente en Moonlight Books un lunes por la tarde. Pasó la mañana diseñando un detallado plan de búsqueda de empleo como arqueóloga y calculó que en un par de meses se habría entrevistado con todos sus colegas londinenses. Antes de salir de casa, se aseguró de que llevaba en el bolso un mapa detallado del Temple con el itinerario para llegar hasta la librería. Jasmine omitió a propósito la dirección de la iglesia de los templarios; todavía tenía sus dudas sobre si cedería a la tentación de desenterrarlos.

En su primer día consiguió hacer sonar las lúgubres campanillas de la librería con cinco minutos de adelanto a su hora de entrada oficial. Apenas se había perdido un par de veces antes de llegar.

—No voy a devolverle el dinero, señora Dresden —sentenciaba Edward Livingstone mientras una mujer bajita de cara enrojecida y cabellos violeta le seguía por los pasillos que formaban las estanterías de la planta baja.

Agnes dejó su abrigo y su bolso en el despacho del librero con rapidez para no perderse detalle de la escena.

—Pero usted me dijo que esta novela era divertida —protestaba la mujer, blandiendo un ejemplar de *Reina Lucía*, de E. F. Benson— y no pasa absolutamente nada.

—Eso es lo divertido.

—No lo es. Si quisiera un libro en el que no se moviese ni una hoja leería a Henry James.

—James no es divertido. Usted me pidió una novela divertida y le recomendé a Benson. ¿Acaso no se ha reído?

—Sí, un poco.

—¿Lo ve? ¿Qué le apetece esta semana?

—Una historia en la que ocurran muchas cosas.

—¿Qué tipo de cosas?

—Cosas...

La señora Dresden se fue de la librería cinco minutos más tarde con *Sueño de una noche de verano* y *El mercader de Venecia*, de William Shakespeare.

—Esa —explicó a Agnes cuando la puerta se hubo cerrado tras su clienta— era la señora Agatha Dresden. Le dará tormento cada lunes por la tarde.

—¿Alguna vez le devuelve el dinero?

—Por supuesto que no. En su tacaño corazoncito taimado sabe que disfruta con cada una de esas lecturas, aunque insista en lo contrario. Lo noto en el brillo de sus ojos cuando me explica qué le han parecido.

—¿Sin excepción?

El señor Livingstone miró a Agnes por encima de sus gafas sin montura. Le gustaba la perspicacia de su nueva ayudante.

—Chica lista. Siempre hay excepciones. Le devolví el dinero con *Ana Karenina* y nunca he vuelto a recomendarle un autor ruso. Le dan dolor de cabeza.

Edward la acompañó al almacén y le dio instrucciones sobre el orden de las estanterías y la organización pendiente.

—Los lunes, la señora Dresden. Los martes llegan las novedades y los proveedores. Tendré que lidiar con los comerciales de las editoriales, temo que estará bastante sola esa tarde, pero se las apañará bien. Los primeros miércoles de cada mes se pasa Donohue, el contable. Los viernes esto es un caos, pero nunca logro entender por qué. Los sábados hacemos caja con un montón de ejecutivos aburguesados, camino de algún restaurante para almorzar, convencidos de que serán menos capullos si leen este o cualquier otro libro que les ha recomendado el último gurú de la tele.

—¿Y los jueves?

—¿Qué pasa los jueves? —Se detuvo un momento el señor Livingstone para coger aire.

—Del miércoles de Donohue ha pasado al viernes de caos. No sé qué pasa los jueves.

—Yo tampoco. Nadie lo sabe. Es el día de los sucesos imprevistos.

Edward miró con severidad a Agnes y levantó el dedo índice de la mano derecha para advertirla. Después cambió de idea y siguió recorriendo los estantes señalando aquí o allá, según encontraba libros fugados de sus lugares habituales.

—Oliver llega cada tarde sobre las cuatro y media —siguió explicando—, que no la enrede con sus conferencias sobre astronomía. Procure mantenerse al margen de la trayectoria de su madre cuando pase a recogerle; es abogada, ya lo sabes. El té para los residentes de Moonlight Books se sirve al cierre, eso también lo sabe, en el rincón de los románticos. Las noches sin luna, tenemos permiso del dueño para subir a contemplar las estrellas en cuanto desaparezcan los clientes. El telescopio es de Oliver, pero lo usamos todos por turnos mientras él no deja de hablar sobre las Cariátides y no sé qué más.

Agnes, que había admirado sin reservas la claraboya piramidal de la segunda planta de la librería, suspiró de anhelo. No le costaba imaginarse, la próxima noche sin luna, tumbada sobre el cálido suelo de madera, la mirada perdida en el firmamento, la agradable voz de Oliver Twist desgranándole las constelaciones, de fondo la conversación de Sioban y Edward, con sus cariñosas pullas de amantes de los libros. Si no se andaba con cuidado, sucumbiría sin remedio al hechizo de aquel extraño cofre gigante de libros escondido en el entramado imposible de las callejuelas del Temple.

—¿Quién es el tipo desaliñado que se sienta bajo la lamparilla azul? —preguntó en voz baja mientras seguía a Edward por la librería, colocando libros por orden alfabético del autor.

—Ah, sí. Es nuestro escritor residente. Forma parte del mobiliario de lunes a jueves. Ignoro dónde escribe el resto de la semana. Suelo servirle una taza de té con galletas sobre las cinco. Sus preferidas son las de pasas.

—¿Por qué se sienta aquí?

—Dice que la señal wifi no llega bien al otro extremo de la librería. Es una excusa, sin duda. Sospecho que se ha enamorado de la lamparilla azul.

—Me refería a que por qué viene aquí, a Moonlight Books, a escribir.

El señor Livingstone se encogió de hombros. Que un escritor prefiriese su librería al Starbucks del Embankment como refugio en el que crear sus historias le devolvía cierta fe en la humanidad.

—Todos los escritores están chiflados. No le desearía ni a mi peor enemigo tan lamentable ocupación —concluyó el librero.

—¿Qué escribe?

—Es un misterio.

Agnes disfrutó sin reservas de su primer día como aprendiz de librera. Edward explicaba con paciencia y gracia las peculiaridades de su negocio; era un placer escucharle hablar de la librería y sus habitantes, sobre todo porque derrochaba cariño en los detalles.

5

Las semanas pasaron con rapidez y, un día, cuando Agnes paseaba melancólica por Covent Garden, sumida en sus pensamientos, con la música de fondo de un cuarteto de cuerda de los estudiantes del conservatorio, contempló a una chica subida a una escalera y supo que noviembre había quedado atrás en el calendario. No fue por la escalera, ni porque los músicos interpretaran a Beethoven, ni siquiera porque el frío viento de la ciudad le acariciase las mejillas: fue por los adornos navideños que la joven de la escalera estaba colocando sobre la puerta de su tienda. Diciembre vestía Londres de dickensiana nostalgia.

—¿Dónde ha estado esta mañana? —le había preguntado el señor Livingstone en cuanto llegó a la librería y se percató del misterioso pesar que desbordaban sus ojos.

Puede que Edward fuese gruñón y estuviese aquejado de cierta misantropía, pero Agnes le despertaba una extraña curiosidad; quizás por esos aires de princesa triste, por su propensión a caminar descalza sobre la madera antigua de Moonlight Books, por la falsa impresión de que su largo cabello siempre estaba a punto de enredarse entre las volutas vegetales de la escalera cada vez que subía al primer piso o porque, después de tantos años, iba a resultar que el señor Livingstone tenía más sangre normanda que sajona —pues el espíritu explorador siempre había sido normando— corriendo por sus venas inglesas.

—En Covent Garden.

—Ah —murmuró—, se ha dado cuenta de que se avecinan las Navidades.

Agnes iba a preguntar cómo había llegado a semejante conclusión, cuando un anciano de pobladísimas cejas blancas, pelo del mismo color, baja estatura y visible panza entró en Moonlight Books. Sus ojos apenas eran visibles entre los pliegues de las bolsas pero su sonrisa iluminaba aquel rostro, sin duda bondadoso. Era idéntico a Mr. Magoo.

—Hum, hum —carraspeó—, por fin conozco a la bella ayudante de Edward.

—Agnes, este es mi viejo amigo, Charlie Caldecott. Es el propietario de la sastrería del otro lado de la calle. —Hizo las presentaciones el señor Livingstone—. Sospecho que viene a curiosear.

—Vengo a tomar el té —se defendió el aludido—. Y a conocer a tu nueva librera.

—Encantada, señor Caldecott.

—El encanto es todo suyo, hum, hum. Gasté todo el que me quedaba durante el siglo pasado.

Mientras Edward preparaba la tetera, el señor Caldecott se arrellanó en uno de los sillones del rincón de los románticos y le guiñó un ojo a Agnes.

—Me alegra que ese gruñón por fin haya dado su brazo a torcer y haya contratado a una ayudante. No es que Moonlight Books haya hecho de él un hombre millonario, pero los hados saben que hace años que necesitaba algo de ayuda.

—No crea, a mí me parece bastante autosuficiente. Hay días en los que tengo la sensación de que solo me emplea por caridad.

—Excepto cuando tiene que subir y bajar esas dichosas escaleras cincuenta veces al día.

—Chist —le riñó Agnes al ver que Livingstone se acercaba con la bandeja del té—, él está orgullosísimo de esas escaleras.

—Y yo de mis trajes, querida, pero pasaron de moda en 1956.

El señor Caldecott se quedó a tomar el té y a derrochar algo de ese encanto que él aseguraba haber perdido tiempo atrás. El librero y su ayudante se fueron turnando para darle conversación mientras atendían a los clientes. Cuando estuvo preparado para cruzar la calle y volver a abrir su negocio, llevaba una enorme sonrisa en los labios y se daba golpecitos de satisfacción en su prominente barriga.

—Qué té tan agradable, hum, hum —iba diciendo mientras se marchaba—. Aún no se han perdido las buenas costumbres entre vecinos.

—Y ese —resumió el señor Livingstone cuando la puerta se cerró a sus espaldas— era Mr. Magoo.

Agnes se rio y le aseguró que a ella también se lo había parecido.

—¿Dónde irá mañana? Tengo un itinerario que creo que le gustará. Y algo más, espere...

Edward buscó en el cajón del mostrador, bajo la máquina registradora, y le tendió un sobre de color crema.

—Referencias —dijo—. Buenas.

La chica cogió el sobre y miró la dirección del remitente.

—221 Baker Street. ¿Me da referencias para que me emplee Sherlock Holmes? ¿Por qué cree que necesita a una arqueóloga?

—El doctor Watson me aseguró que habían desenterrado unos huesos sospechosos.

—Serán del sabueso de los Baskerville.

—Por muy ocurrente que me parezca nuestra conversación, estoy intentando explicarle algo —la llamó al orden el librero—. Me dijo que algunas mañanas solía pasear por Hyde Park.

—Sí, cuando me canso, me siento en un banco frente a la ensenada de los patos.

—No existe tal cosa.

—Sí que existe. Junto al lago, frente a la glorieta de los músicos, donde están los patos.

—¿Esos lamentables pollos?

—Patos.

—Lo que sea. —El señor Livingstone hizo un gesto de impaciencia—. Salga de Hyde Park por la puerta de Marble Arch, en el distrito de Marylebone, y suba por Baker Street. Antes de llegar a la parada de metro del mismo nombre, una de las más antiguas de Londres, fíjese en la casa que hay entre el banco y una tienda de telefonía. En ese edificio vivieron y trabajaron Arnold Bennett y H. G. Wells en diferentes épocas de su vida. Recorrer algunas calles de esta ciudad todavía conlleva el placer de las viejas rutas literarias.

Agnes pensó que le gustaría conocerlas con la guía y la compañía del siempre sorprendente señor Livingstone. Al igual que su antepasado, la chica se lo imaginaba como un explorador incansable de la jungla de asfalto, avezado descubridor de aspectos literarios de la ciudad, narrador de los misterios librescos de Londres.

—Si sigue adelante, junto a la casa-museo de Sherlock Holmes (que no está exactamente en el 221 de Baker Street sino un poquito más arriba, casi tocando a Regent's Park), encontrará la tienda de la señora Hudson.

—¿Es una broma?

—No, es una tienda de souvenirs. Entre y pregunte por

Alice Shawn. Es la conservadora de la casa-museo, pero también se ocupa de asesorar a otros museos metropolitanos.

—Está harto de mí, ¿verdad?

—No sea ingrata, Agnes Martí. Considérelo mi regalo de Navidad. ¿O acaso cree que me llega el dinero para pagarle el sueldo y además comprarle algo en Harrods?

Agnes siguió con entusiasmo las detalladas indicaciones del señor Livingstone. Dio de comer a los patos en Hyde Park, pasó frente a Marble Arch, se detuvo ante la casa de Arnold Bennett y H. G. Wells, y admiró la antigüedad de la estación de Baker Street. Incluso resistió con valor la tentación de practicar el deporte nacional de los londinenses —el *queueing*, el arte de hacer cola, casi tan popular como la atemporal hora del té— y visitar la recreación de la casa de Holmes y Watson en el 221B. Encontró a Alice Shawn justo donde el señor Livingstone le había prometido. Gracias a su carta de recomendación la recibió con amabilidad, la entrevistó con respeto y la escuchó con atención. La señora Shawn, que, aquejada de cierto romanticismo victoriano, encontraba las excavaciones en Oxirrinco de su currículo de lo más evocador, le aseguró que, aunque en aquellos momentos no sabía cómo podía serle de ayuda, conservaría sus datos por si surgiese alguna oportunidad profesional que pudiese interesarle.

Agnes volvió a casa cansada y vencida por la desesperanza. No había albergado ilusiones laborales en su expedición a Baker Street, pero la excursión desde Hyde Park hasta

Regent's Park había resultado agotadora y había tenido el inesperado efecto de hacerla sentir insignificante. A lo largo de la emblemática calle, sorteando a turistas con cámaras de fotos y londinenses con enormes vasos de papel llenos de café —había contado hasta media docena de Starbucks y Costa en Baker—, habían vuelto a sorprenderla los verdes y rojos brillantes de los adornos navideños.

Decidió que no volvería a Barcelona por Navidad. Le superaba la tristeza inherente de esas fechas y la certeza de que sería incapaz de sentarse a la mesa con miríadas de hermanos, tíos, primos y sobrinos que le preguntarían por su trabajo, su novio o sus planes de vida, todos ellos inexistentes. Imaginó la estación de Saint Pancras, con John Betjeman, iluminada con centenares de lucecitas blancas; una cena con Jasmine, en el Darkness & Shadow, y los buenos deseos de los Drake; sus desastrados calcetines colgados de la vieja chimenea; un beso de Oliver Twist bajo el muérdago que Sioban colgaría de los bellos arcos de piedra de las ventanas del segundo piso de Moonlight Books; Edward Livingstone gruñendo por la marea de clientes estresados por las compras de última hora y por los cantores de villancicos apostados en la puerta. Imaginó que nevaría en Navidades. Lo deseó con todas sus fuerzas, las pocas que le quedaban ese día de expedición. Comprendió que necesitaba el silencio aterciopelado del aire inmóvil a su alrededor mientras caían los primeros copos sobre su cabeza.

«—Niño —le dijo cortésmente—, ¿por qué lloras?

»Peter Pan, que también era bellamente cortés, pues había aprendido excelentes modales en las fiestas y ceremonias de las hadas, se levantó e hizo un gentil saludo.»

Para un observador poco avezado podría parecer que Oliver Twist no estaba atento a la lectura. Pero Agnes era consciente de que, desde hacía un par de páginas, el niño había dejado sus anotaciones y ya no ajustaba el telescopio. La tarde de finales de noviembre había oscurecido el cielo prematuramente, vistiendo de tiniebla la hermosa cúpula transparente de Moonlight Books. Agnes leía *Peter Pan* en voz alta con cierta emoción disimulada en cada uno de sus silencios, pues en este mundo hay libros que siempre se leen con el entusiasmo y la ilusión de la primera vez.

«—Segundo a la derecha y después siempre adelante hasta la mañana.»

A la chica no se le escapó la sutil mueca de disgusto de Oliver cuando las campanillas de abajo sonaron y tuvo que dejar el libro y bajar las escaleras para atender a los clientes. El señor Livingstone había salido a una conferencia editorial y tardaría una hora más en volver.

—¿Tienen DVD? —preguntó un hombre joven enfundado en un bonito abrigo gris y con bufanda de Burberry.

—Esto es una librería —le sonrió Agnes a modo de excusa.

—Pero ¿no tienen las películas?

Ella le miró sin comprender.

—Las adaptaciones cinematográficas de los libros —aclaró el hombre—. Me han recomendado *Matar a un ruiseñor*, pero no me gusta leer. Prefiero ver la película.

—Tengo un ejemplar de la novela de Harper Lee. Es un libro maravilloso, una recomendación excelente.

—Ya.

El hombre seguía cerca de la puerta, esperando. Agnes no sabía qué más podía decirle, aparte de que le gustaba mucho su abrigo gris.

—Entonces ¿tiene la película?

—No.

—¿Y no puedo encargarla?

—Esto es una librería, no vendemos películas —insistió, mirando a través del escaparate por si se trataba de un programa de cámara oculta.

La calle parecía desierta, excepto por una señora que acababa de salir de la sastrería de Charlie Caldecott, al otro lado de la acera.

Una pareja de mediana edad entró en la librería y su irrupción pareció devolver algo de cordura al hombre del abrigo, que se marchó murmurando sobre el Armagedón y el advenimiento de Amazon. Los recién llegados curiosearon unos minutos las estanterías de la planta baja y luego subieron en busca de novelas clasificadas por género literario. Contestaron que no cuando Agnes les preguntó si podía ayudarles en algo, así que ella prefirió quedarse junto a la máquina registradora. La puerta volvió a abrirse y la señora Dresden entró muy azorada, seguramente porque no era lunes.

—Necesito que me aclare algo ahora mismo —suplicó con la cara enrojecida y su cabello violeta despeinado—. Frodo no se muere, ¿verdad? No puede morirse, echaría a perder mis expectativas.

En un segundo a Agnes se le ocurrieron media docena de desastres literarios mucho más terribles que echar a perder las expectativas de la señora Dresden, pero disimuló sus pensamientos con una serena sonrisa. La mujer agitó sin piedad *La comunidad del anillo*, encuadernada en rústica, delante de su cara.

—Está herido, en la Cima de los Vientos, por una daga de Morgul. Creo que ha sido el jefe de los Nazgul, el Rey Brujo de Angmar.

—Estoy impresionada, señora Dresden.

—Yo también. Esa clase de heridas mata a sus víctimas por envenenamiento. ¿Cree que Tolkien era un escritor tan cruel como para asesinar a Frodo?

—No creo que la crueldad de los escritores tenga nada que ver con sus tramas —reflexionó Agnes—. Fíjese en los escritores de novela negra y policíaca, parecen personas encantadoras. Al menos, la mayoría.

La mujer se acercó un poquito más y bajó la voz para hacerle una confidencia.

—Pero Tolkien tenía orcos —susurró—. Orcos.

—¿Por qué no sigue leyendo un poco más y así sale de dudas respecto a Frodo? El lunes puede pasarse a recoger el siguiente libro, el señor Livingstone le tendrá preparado *Las dos torres*.

—Pero me queda poco para terminar este —se quejó—. ¿Y si no se resuelve en este tomo lo de Frodo?

Agnes, que había leído *El señor de los anillos* en la adolescencia, rebuscó en su memoria.

—Estoy casi segura de que lo de la herida de Frodo se resuelve en el ejemplar que tiene usted. Pero voy a mirar un momento en la trastienda por si ya ha llegado la segunda parte, espere.

Cuando Agnes volvió, la mujer parecía sumida en una especie de trance cataléptico. Le aseguró que el ejemplar todavía no había llegado pero que estaría allí el lunes, sin falta. La señora la miró con desconfianza, aunque algo en la resolución de la joven la convenció de que no le quedaba más remedio que volver a casa y terminar el libro. Respiró hondo, se pasó una mano por la frente sudorosa y se rompió el hechizo de su apasionada lectura.

—No sé por qué he venido —murmuró, agitando la mano a modo de despedida—, ni siquiera es lunes.

La puerta se cerró a sus espaldas. Agnes todavía no había perdido la sonrisa tras la impetuosa incursión de la señora Dresden cuando la pareja que había subido al piso de arriba se plantó cariacontecida ante el mostrador.

—Estamos buscando un libro.

«Hasta aquí todo bien», pensó la arqueóloga.

—Es verde con letras doradas.

Agnes esperó a que siguieran con la descripción pero ambos guardaron silencio y la miraron fijamente, como si fuese su turno en la conversación, como si estuviese a punto de hacer un truco de magia y sacar dicho libro de su chistera. Recordó que no tenía ninguna chistera y carraspeó inquieta; pensaba que después del hombre del abrigo, y de la señora Dresden y las dagas de Morgul, se merecía una venta sencilla.

—Si me dicen el título o el nombre del autor, quizás pueda ayudarles.

—Es verde con letras doradas —repitió la señora.

El señor Livingstone no le había dado instrucciones sobre la ordenación cromática de las estanterías, pero sí que le había sugerido que consultase los catálogos de las editoriales para familiarizarse con los formatos de las colecciones. Agnes los puso sobre el mostrador y se apresuró a hojearlos en busca del solicitado color verde. Persephone Books y Faber & Faber tenían algunos libros que coincidían con la descripción del sospechoso.

—No, no es ninguno de estos —se quejó el hombre cuando les hubo enseñado el catálogo.

—Lo siento —concluyó Agnes—, con tan poca información... ¿No recuerdan a qué género pertenecía o de qué trataba el argumento?

—¿Género?

—Fantasía, humor, romance, policíaca, desesperante...

La pareja negó, a medio camino entre la decepción y el enfado por la ineptitud de la improvisada librera.

—Pasaremos cuando esté Edward —sentenció el hombre.

Y se marcharon sin siquiera despedirse, murmurando algo sobre la locura de emplear a libreras extranjeras. Agnes guardó los catálogos, abatida.

—No es culpa tuya —la consoló Oliver cuando volvió al piso de arriba.

—Sí lo es. No tengo ni idea de libros.

—Pero conoces a Peter Pan y sabes que Frodo no muere en la primera parte.

—Chist, eso es un *spoiler*.

—Muy pequeño. Mediano —se rio Oliver por su ingeniosa referencia a la estatura del hobbit.

—No debería estar aquí. Soy arqueóloga.

—¿Por eso estás triste?

—No lo estoy.

—Si yo digo que soy astronauta y sigo en el planeta Tierra, me deprimiré, porque ¿qué clase de astronauta es el que no sale de su propio barrio? —le explicó Oliver con paciencia.

—Uno muy frustrado —murmuró Agnes de mal humor.

—Hablas como mi psicopedagoga.

—También debe de sentirse así.

—El truco está en no decir «soy arqueóloga» o «soy astronauta». Tú eres muchas cosas: persona, ayudante del señor Livingstone, guapa...

—Gracias.

—... buena lectora de *Peter Pan*, simpática, lista... Y todas esas cosas se te dan muy bien. No deberías estar triste.

Agnes reflexionó unos instantes sobre la lógica de la argumentación de Oliver. Si había perdido de vista que su vida era algo más que el amor que sentía por su profesión, esto explicaba que se hallara en Londres intentando encontrar un libro verde con letras doradas. Pero si aceptaba que la arqueología no era más que una pequeña parte de su ser, todo adquiría proporciones de relativa catástrofe. No era el fin del mundo no tener el trabajo de sus sueños, ni siquiera lo era no tener ningún trabajo, pero la felicidad no da de comer, ni proporciona un techo bajo el que cobijarse ni paga la factura del médico cuando estamos enfermos. Puede que ser guapa y leer a J. M. Barrie se le diese bastante bien, pero seguía soñando con excavaciones, fragmentos de *sigillata*, nuevas teorías sobre civilizaciones perdidas y la conservación de hermosas piezas de la antigüedad.

—No sabía que estuviese triste —resumió sus cavilaciones—. Pero quizás sí lo esté. No encuentro mi lugar en el mundo, como si fuese un astronauta perdido en el universo con muchas ganas de volver a casa.

—Entonces yo no me preocuparía.

Oliver era muy guapo cuando sonreía; con esos hoyuelos

en las mejillas, sus ojos redondos de mirar por el telescopio, su suave cabello rubio cortado a cepillo.

—¿Por qué no?

—Porque tarde o temprano siempre aparece alguien que te quiere para llevarte de vuelta a casa. —Le devolvió el ejemplar de *Peter Pan* y le puso sus mejores ojitos de cordero—: ¿Sigues leyendo un poco más, por favor?

El señor Livingstone llegó tarde y de mal humor de su cónclave de libreros y editores; si de él dependiese, toda aquella gente no continuaría siendo ni una cosa ni la otra. Despidió a Agnes un poco antes de las siete, desoyendo sus lamentaciones sobre no sé qué clientes merecedores de ser amenazados por los terrores de una daga de Morgul, y sufrió en silencio el desdén de Roberta Twist cuando pasó a recoger a su único retoño.

—Tiene usted un horario de lo más pintoresco —se quejó en voz demasiado alta mientras arrastraba a su hijo, con su correspondiente mochila, escaleras abajo.

—Lamento que interfiera con el suyo —le contestó con sarcasmo el señor Livingstone.

—Yo no tengo horarios. Buenas noches.

—Hasta mañana, señor Livingstone —sonrió un apresurado Oliver.

—Nadie ha sido jamás capaz de descifrar a un abogado

—suspiró Edward cuando la puerta se hubo cerrado tras ellos—, solo de malinterpretarlos.

Se sirvió un par de dedos de whisky, sin hielo, dio la vuelta al cartel de CERRADO, y se encaminó al rincón de los románticos en busca de refugio en el sillón color ciruela. Pero cuando pasó por delante de su idolatrada mesa de libros ilustrados comprendió por vez primera la expresión «helarse la sangre en las venas».

La vitrina que contenía el diario de David Livingstone, *Observaciones cartográficas, zoológicas, botánicas y geológicas del sur de África (1849-1851)*, estaba vacía.

6

No puedo creer que estés tan tranquilo, Edward. Sé lo mucho que significa ese diario para ti y ahora no aparece por ninguna parte.

Sioban había reservado mesa en un pequeño restaurante italiano del Soho, cercano a las oficinas de su editorial. Conocía bien la aversión del señor Livingstone por esa zona de la ciudad, pero a menudo le convencía para quedar allí recordándole el aliciente de pasear por Charing Cross Road —la imaginación del librero era tan firme, desde una perspectiva literaria, que era capaz de seguir viendo Marks & Co. donde solo quedaba un McDonald's— y por la promesa de los mejores espaguetis a la Norma del mundo. Edward le había contado la desaparición del documento de la vitrina de Moonlight Books, pero lo había hecho con la ligereza de quien comunica que la mañana está nublada en Londres.

—Ponerme nervioso no hará que el diario vuelva a su vitrina —le respondió, enrollando sus espaguetis con esmero.

—Debes denunciar su desaparición.

—¿No hay que esperar cuarenta y ocho horas?

—Eso es para las personas. Se trata de un robo.

—No sabemos si lo han robado.

Sioban dejó el tenedor en el plato de ensalada César que estaba comiendo y lo miró atónita. Después de tantos años seguía sin acostumbrarse a la excéntrica personalidad de su pareja.

—¿Y qué otra posibilidad hay? —le dijo. Él se encogió de hombros, reacio a compartir teorías rocambolescas con la editora. Percibía que no estaba de humor para seguirle el juego—. Edward, es un robo de un objeto valioso. Si no lo denuncias tú, lo haré yo.

—Me parece precipitado. Tengo ciertas sospechas sobre lo que podría haber pasado.

—¿Como tus teorías sobre por qué los libros de Wilkie Collins aparecieron una mañana en el suelo? Elaboraste toda una tesis sobre la culpa de Mark Twain.

—Haces que parezca absurdo.

—Porque lo era.

—Por supuesto, Twain es demasiado amable como para tirar al suelo los libros de cualquier otro escritor. Incluso si visitase la librería en forma de ectoplasma seguiría siendo considerado.

Sioban golpeó con impaciencia el tenedor contra la copa

de vino para terminar con las fantasiosas digresiones literarias de aquel hombre imposible. Edward captó la indirecta.

Consideraciones fantasmales aparte, el señor Livingstone estaba convencido de que la desaparición del diario de su antepasado tenía una explicación bastante más sencilla, y menos truculenta, que la de un ladrón. Le enternecía la fe ciega de Sioban en el valor de los libros y la probabilidad de que alguien pudiese pensar que robarlos era un negocio lucrativo.

—Esta vez tengo una idea un poco más vaga y menos sobrenatural, pero, aun así... —se defendió.

—Aun así voy a llamar ahora mismo al hijo de una amiga mía para que te ayude con la denuncia y abra una investigación.

—¿Es escritor de novela policíaca?

—Es policía.

—Del MI5.

—Claro que no.

—De Scotland Yard.

—¿Qué importa dónde trabaje?

—Lo sabía, es de Scotland Yard.

—¿Y qué? Te apellidas Livingstone, no Holmes.

Sioban dio por zanjada la cuestión, terminaron la comida y los dos amantes se separaron en términos poco cariñosos antes de dirigirse a sus respectivos trabajos. La editora no entendía la reticencia de Edward a la hora de investigar la desaparición de una de sus posesiones más preciadas; y al librero le parecía una exageración implicar a un policía de Scotland Yard en una cuestión que sospechaba que podía solucionar él mismo sin demasiadas complicaciones (y sin que tuviese nada que ver en el asunto el fantasma de Mark Twain).

Llovía cuando Agnes Martí llegó aquella tarde a Moonlight Books. Como la primera vez que la chica entró en la librería, Edward la contempló a hurtadillas mientras se desembarazaba del abrigo y los zapatos. Llevaba unas medias negras gruesas, una falda con vuelo a franjas blancas y negras, y un jersey de cuello barco también negro. El librero pensó que era como si la Audrey Hepburn de *Desayuno con diamantes* se hubiese escapado de una película de Tim Burton. El suspiro audible de su contable, Percival Donohue, le sacó de su ensimismamiento.

—Ni se te ocurra —le espetó entre dientes mientras le propinaba un codazo.

—¿Qué? ¡No he dicho nada!

—Ya sabes qué. Te he oído suspirar.

—No suspiraba.

—Te conozco, Percy. Conozco tu pésimo gusto para las corbatas y los calcetines, y tu querencia romántica a enamorarte de las muchachas guapas perdidas bajo la lluvia.

El contable, un joven pelirrojo que, en efecto, llevaba una horrible corbata de color calabaza y calcetines a juego, negó con la cabeza y desapareció en el despacho de Edward para poner al día los números del negocio.

—Agnes —la llamó el señor Livingstone—. No quiero que se preocupe, pero necesito saber si ayer, mientras estuve fuera, pasó algo inusual en la librería.

Nada de lo que ocurría en Moonlight Books le parecía usual a la arqueóloga pero, como no estaba del todo segura de que esa opinión fuese a halagar o a herir a su propietario, prefirió guardársela para ella. Volvió a contarle lo del tipo de los DVD, la señora Dresden con sus dagas de Morgul y la pareja del libro verde con letras doradas.

—Creo que el matrimonio del libro verde le conocía porque dijeron que volverían a pasar cuando estuviese usted en la librería.

—¿Ella era rubia y muy alta, y él era calvo y con una barba a lo Santa Claus?

Agnes asintió.

—Serían los Rosemberg. Y eso me recuerda...

El señor Livingstone subió raudo a la segunda planta, dejando que las yemas de sus dedos rozasen por costumbre la bella barandilla de volutas de hierro negro de su escalera. Cuando volvió a bajar le tendió un libro a Agnes.

—*Mr. Rosenblum sueña en inglés* —leyó la chica en la portada—, de Natasha Solomons.

—Es imprescindible que lo lea. Por lo de emigrar a una nueva ciudad y tal. Y por lo del idioma, supongo.

—Edward, ¿por qué me estaba preguntando por la tarde de ayer?

—Veamos. Pasaron el tipo del DVD, la señora Dresden y los Rosemberg, y supongo que arriba estaba Oliver. —Buscó la confirmación de Agnes y dirigió la mirada hacia su mesa de libros ilustrados—. ¿No echa nada en falta?

La chica siguió la dirección de su mirada y se percató de la vitrina vacía.

—¡No!

—Me temo que hemos vuelto a perder al doctor Livingstone.

Un montón de preguntas se atropellaron en la cabeza de Agnes, pero no acertó a formular ninguna en voz alta. Sabía lo mucho que el librero apreciaba aquel manuscrito victoriano. Se le llenaron los ojos de lágrimas cuando intentó decir algo al respecto.

—Oh, no, por favor, no llore. Piense en el desastre de las excavaciones de Troya. Allí se perdió mucho más.

—No voy a llorar —se atragantó Agnes—. Pero es solo que... que yo no... que siento que...

—Lo sé —la cortó con un ademán—. Sé que usted no ha tocado el diario y que no tiene idea de cuál puede ser su paradero actual. En cambio, intuyo que...

El señor Livingstone fue interrumpido por una ráfaga de aire frío procedente de la calle, seguida por el lamentable tintineo de las campanillas. Sioban traspasó el umbral de la librería como una hermosa reina isabelina, despeinada tras haberse peleado con su paraguas. El fantástico estrépito de la lluvia y la tormenta sobre las calles del Temple acompañó su entrada.

—«¡Habla otra vez, ángel resplandeciente! —la recibió Edward—. Porque esta noche pareces tan esplendorosa sobre mi cabeza como un alado mensajero celeste ante los ojos extáticos y maravillados de los mortales.»*

A la editora se le acentuó la sonrisa y se le suavizaron las arrugas del ceño. Colgó su abrigo en el perchero de la entrada y enfiló hacia la trastienda.

—Invítame a un té, Edward Livingstone —le advirtió a su Romeo—, o niega a tu padre y rehúsa tu nombre. «O, si no quieres, júrame tan solo que me amas y dejaré yo de ser una Capuleto.»** Pero —añadió—, por todos los dioses, hazme un té.

Sioban salió malhumorada del despacho un cuarto de hora después de su llegada. Hizo algunas llamadas telefónicas desde la planta superior y después dedicó casi veinte minutos al infructuoso intento de entablar conversación con el escritor residente. Siendo una avezada conocedora del carácter introvertido y la torpeza social de la mayoría de dichos especíme-

---

* William Shakespeare, *Romeo y Julieta*, acto II, escena II.
** *Ibidem.*

nes, a Agnes le sorprendió que la editora no perdiese la esperanza de sacar de su mutismo al habitante bajo la lamparilla azul. Por fortuna, fue una tarde de pocos clientes, porque Edward siguió encerrado en el despacho con Donohue dejando sola a una preocupada y distraída Agnes.

Sabía que el diario de su antepasado era importante para el señor Livingstone, pero no estaba segura de que fuese por su valor histórico. Si había alguien en aquella librería que comprendiese la verdadera trascendencia del documento, era ella. Cuando en 1849 el doctor Livingstone partió hacia África poco se sabía de tan exótico continente. El explorador cartografió —con extraordinaria precisión, considerando que solo contaba con sus observaciones astronómicas— el desierto de Kalahari, el lago Ngami y el río Zambeze; y elaboró minuciosos informes de zoología, botánica y geología de la zona, siendo pionero en el descubrimiento de nuevas especies. En las décadas de los años cincuenta y sesenta del siglo XIX exploró incansable el curso del río Zambeze y los territorios adyacentes, intrigado por su difícil navegación, los rápidos y las cascadas; bautizó sus cataratas, en la frontera de Zambia y Zimbabue, con el nombre de la reina. En 1865, la Royal Geographical Society lo puso al mando de la expedición que partió en busca del nacimiento del río Nilo; pero cerca del lago Tanganica, en 1870, David Livingstone desapareció, hasta que Henry Stanley, dos años después, logró dar con él en la ciudad de Ujiji, en las inmediaciones del lago. El diario heredado databa de 1849 a 1851, los años de la primera expedición, quizás los más interesantes desde el punto de vista de los descubrimientos cartográficos, zoológicos, botánicos y geológicos.

A Agnes no solo le inquietaba la desaparición de una reliquia victoriana de tanto valor histórico-científico, sino también la posibilidad de que el librero sospechase de ella. No es que hubiese dado muestras de tales suposiciones, pero Agnes, que tenía la empatía suficiente como para ponerse en la piel del otro, se daba cuenta de que ella era el único factor nuevo en la ecuación; que, hasta su llegada, cuando solo Edward estaba a cargo de la librería, nada le había ocurrido al diario o a su vitrina. Si estuviesen en una novela de Agatha Christie, ella sería la principal sospechosa: conocía el valor del documento, había tenido oportunidad de robarlo durante la ausencia de su propietario, tenía un buen móvil (¿económico?, ¿cultural?, ¿pasional?, ¿estupidez?), era nueva en la tienda y nadie podía ofrecerle una coartada sólida.

Cuando Oliver llegó del colegio, asombrosamente seco pese a la tormenta que seguía asolando los cielos londinenses, encontró a Sioban sentada sobre cojines en el suelo, junto a la estantería de los filósofos, escribiendo en su portátil.

—Dame un cuarto de hora y subo contigo —le prometió Sioban sin dejar de teclear.

Se tropezó en el piso de arriba con Agnes, que parecía

desconcertada, despistadísima, buscando sin éxito un lugar definitivo para *Un abril encantado*, de Elizabeth von Arnim.

—No sé si debería ponerlo en la uve o en la a —le confió al niño—. O en la pe de primavera, o al lado de la caja, con las ofertas, para que alguien lo compre de una maldita vez y me salve de esta estúpida incertidumbre.

—¿Estás enfadada? Ven a merendar, tengo pan con chocolate.

Pan con chocolate era un conjuro mágico que devolvía a las arqueólogas exiliadas a sus días infantiles de felicidad en la cocina de sus padres, cuando lo más preocupante que podía ofrecer el mundo era que no la invitasen a una fiesta de cumpleaños. Oliver hacía gala de una enorme generosidad al ofrecerle compartir semejante clásico.

—No estoy enfadada. —Suavizó el semblante—. Es que ahora mismo no recuerdo si Poirot era belga o francés, y eso me pone extrañamente nerviosa.

Oliver Twist, que no tenía la más remota idea de quién era el tal Poirot, dijo que la esperaba en la sección de Historia y que le reservaría la mitad de su merienda si no tardaba demasiado en reunirse con él. La chica asintió distraída y volvió al piso de abajo, donde el rítmico tecleo de Sioban y del escritor residente tejía curiosas partituras.

En la cabeza de Agnes se desarrollaba una versión de *Muerte en el Nilo* cuando la puerta de Moonlight Books se abrió de golpe, arrancó el tope de goma del suelo y se estrelló contra una estantería con un ruido espantoso. Las campanillas se desprendieron y cayeron emitiendo su sombrío tintineo por vez postrera. Una bota militar las aplastó sin piedad contra el suelo de madera quejumbrosa.

El señor Livingstone y Percival Donohue, que acababan de salir del despacho y se encontraban más cerca de la puerta, se volvieron sobresaltados. Sioban dudaría más tarde si había visto cómo el contable daba un pasito tembloroso para ocultarse tras el librero. Oliver asomó la cabecita por la barandilla de la escalera y se le olvidó seguir masticando su pan con chocolate. Hasta el escritor residente levantó la mirada y frunció el ceño, irritado por la interrupción. Aquella librería se estaba volviendo demasiado emocionante para sus necesidades literarias, quizás debería plantearse la posibilidad de mudarse al Starbucks del Embankment.

Contra la tiniebla de la tormenta como telón de fondo, precedido por el estruendo de los truenos y la lluvia, un hombre alto, vestido de azul oscuro, con chaleco antibalas y armado, les contempló desde el dintel de la puerta.

—¡John! Me alegro de que hayas podido pasarte con la que está cayendo —se adelantó Sioban a saludar al recién llegado con una calidez y simpatía que contrastaba con lo tenebroso de la escena. Le dio un par de besos en las mejillas sin dejarse intimidar por la armadura del hombre.

El visitante cerró la puerta a sus espaldas, recogió las fallecidas campanillas del suelo y se las tendió al todavía pasmado señor Livingstone.

—Siento haber aplastado sus... er... sus lo que sean —se disculpó.

—Edward, este es John Lockwood. Te ayudará con el robo del diario.

Livingstone le tendió una mano, que el policía se apresuró a estrechar, y se dispuso a aceptar tamaña complicación por lealtad a su insistente Julieta.

—Scotland Yard —afirmó más que preguntó.

—Sí, señor.

—Alabaría su discreción, pero me he quedado sin aliento.

Sioban le lanzó una mirada de advertencia y el librero parpadeó resignado.

—Este es mi contable, Percival Donohue. El duendecillo rubio con la cara manchada de chocolate es Oliver Twist. Y el hada descalza junto a las escaleras es Agnes Martí.

John Lockwood, que había observado a cada uno de ellos a medida que el señor Livingstone hacía las presentaciones, saludó con un breve cabeceo y miró, con lo que al librero se le antojó cierto asombro, a su nueva ayudante.

—Bien —dijo asintiendo.

A Agnes no le pareció que tuviese nada en común con Hércules Poirot.

7

No había sido la intención de John Lockwood entrar en Moonlight Books como un elefante en una cacharrería e inquietar a sus habitantes. Había pensado en aprovechar que la unidad blindada que le transportaba desde el aeropuerto podía pasar de nuevo a recogerle en veinte minutos por la librería; y como había dejado el fusil de asalto y parte de su equipamiento en el furgón, se sentía menos amenazador de lo que parecía a los ojos de los libreros. Salía pocas veces armado, y menos aún de uniforme y con chaleco, pero esa tarde había tenido que colaborar en un simulacro antiterrorista con el MI5 y la policía en Heathrow y, desde los atentados de 2005, eso significaba llevar el equipo al completo.

El mundo se había vuelto loco, aunque John prefería pensar que solo de la puerta número 8 de New Scotland Yard hacia fuera. Había tenido noticia de los atentados del metro de Londres del 21 de junio de 2005 en Afganistán, donde se hallaba realizando trabajos de contraespionaje. Recordaba que estaba cenando en la cantina del SAS,* cuando uno de los tenientes apagó las pantallas y les leyó un comunicado. Todos guardaron silencio, al principio incrédulos y después horrorizados. Aquella noche cobraron conciencia de que cuando volviesen a casa no solo ellos habrían cambiado para siempre.

John se licenció del ejército al año siguiente y fue de cabeza a las pruebas de acceso de la policía metropolitana de Londres. Ahí seguía en la actualidad, con el rango de inspector jefe, para orgullo de su abuela y desconsuelo de sus padres, que hubiesen deseado cualquier otra vocación de servicio —excepto quizás la de misionero— para su único hijo. El señor Lockwood era médico y no se cansaba de insistirle a John sobre lo mucho que le gustaría que siguiese sus pasos.

La madre de John, Anne, era profesora jubilada de Literatura Inglesa y había conocido a Sioban en el Balliol, cuando esta había cursado su asignatura durante dos trimestres. Su amistad había transcendido las aulas y los años, y seguían viéndose a menudo. John había coincidido con la editora en alguna comida en casa de sus padres, pero era la primera vez que veía al señor Livingstone. Su impresión fue buena, le pareció un ge-

* Special Air Service, principal grupo de operaciones especiales del Reino Unido.

nuino librero inglés, de los del siglo XX, o como él se imaginaba que debían ser los libreros de esa época: excéntricos, un poco gruñones pero honestos, rendidos admiradores de Shakespeare y muy críticos con todo lo publicado después de 1950.

Le gustó aquella librería atestada de libros, con sus suelos de madera y sus paredes de ladrillo casi ocultas por las altas estanterías. Exceptuando al pusilánime del contable y al taciturno personaje que tecleaba sin descanso bajo una lamparilla azul, John se sorprendió pensando que si todas las librerías de la ciudad tuviesen un Oliver Twist en su segundo piso y una hermosa librera descalza en el primero, sus ventas mejorarían.

El señor Livingstone se apresuró a despedirse de su contable y acompañó a John a la mesa de los libros ilustrados para mostrarle la ubicación de la vitrina donde había estado el diario. El policía percibió la reticencia del hombre, su persistente silencio mientras Sioban le relataba las circunstancias de la desaparición.

—Si he entendido correctamente —resumió John cuando la editora terminó la exposición de los hechos y le invitaron a tomar asiento en el despacho de la trastienda—, se dio cuenta de la desaparición del diario el jueves por la noche, antes del cierre. —El señor Livingstone asintió—. La vitrina parecía intacta, como ahora, y no la han limpiado desde entonces.

»Aquella tarde usted no estaba en la librería, pero sí su ayudante. Pasaron cuatro clientes distintos por la tienda. El tipo de los DVD, el matrimonio Rosemberg y la señora Dresden. ¿Me dejo algo? ¿Una visita comercial? ¿Alguna reparación? ¿Servicio de limpieza? ¿Reparto de comida a domicilio?

—Si piensa que tocamos los libros con los dedos pringados de pizza las trescientas personas que desfilamos por aquí todos los días...

—Eso es todo, John —interrumpió Sioban al señor Livingstone—. Fue una tarde tranquila.

—¿Va a denunciar el robo?

—En caso de que lo sea —señaló Edward.

—Si pudieses echarnos una mano sin pasar por los canales oficiales, te lo agradecería —intervino de nuevo Sioban.

John tenía la sensación de que la mayoría de los robos en Londres no eran denunciados jamás. Las personas tendían a gestionar en privado sus problemas y, por mucho que los tiempos hubiesen cambiado, seguían sintiendo cierta desconfianza por los policías (incluso por los que se habían dejado el fusil de asalto en el furgón).

—Entrevistaré extraoficialmente a esas personas la semana que viene, pero si el diario no aparece cuando termine mis pesquisas, prométame que cursará una denuncia en comisaría.

—¿En Scotland Yard? —se alarmó el señor Livingstone.

—Donde le parezca más conveniente.

El teléfono del policía emitió un zumbido y, tras consultar su pantalla, se despidió de sus interlocutores.

—Me están esperando.

El señor Livingstone le pasó una de sus tarjetas de visita y prometió contestar al teléfono para facilitarle la localización de los sospechosos. El tipo de los DVD seguía siendo una incógnita y la librería carecía de cámaras de seguridad, pero John le dijo que no se preocupara al respecto. Edward no parecía en absoluto preocupado.

Se despidió de Sioban con un par de besos y la promesa de ir a comer pronto a casa de Anne, y salió del despacho para encontrarse con la librería iluminada por las luces azules de la sirena silenciosa. El furgón blindado le esperaba en la puerta.

Podría haberse ido en ese instante, sin ni siquiera mirar atrás. Cubrir en cinco zancadas la distancia que le separaba de la calle y volver al ruido y la furia. Pero un extraño anhelo le rondaba el corazón cuando regresó sobre sus pasos y se asomó al recodo de una de las estanterías en busca de la chica de los pies descalzos.

—Ahora tengo que irme —le dijo cuando tropezó con sus huidizos ojos castaños—, pero la semana que viene necesitaré hablar contigo.

Ella asintió con la cabeza y John se quedó prendado de su piel blanquísima, su mirada acuosa, la curva de cereza de sus labios entreabiertos, la ligereza de sus pies descalzos, casi de puntillas sobre los suelos de madera viejísima de la librería. Parecía a punto de echar a volar, como un hada sorprendida por la cámara fotográfica de Lewis Carroll. Pensó que su madre se hubiese sentido orgullosa de sus referencias culturales.

—Nos vemos —prometió John antes de marcharse con un peso en el estómago que juraría que no sentía antes de entrar en la librería.

Le pareció escuchar un suspiro tembloroso a sus espaldas.

Era noche de dardos en el Darkness and Shadow y una panda de jubilados, la mayoría con gorra sobre sus respectivas calvas, bebían cerveza y afinaban la puntería. Agnes y Jasmine los contemplaban distraídas desde su refugio junto a la chimenea encendida.

—¿A qué viene esa cara? Este filete empanado está riquísimo. ¿Es por las patatas?

La proverbial calma de Jasmine reconfortaba a su amiga, pero esa noche se sentía incapaz de despejar los negros nubarrones que enturbiaban su estado de ánimo. O quizás todo era porque había cometido el error de pedir ensalada en lugar de patatas para acompañar su filete.

—Es por el diario del doctor Livingstone.

Agnes le había contado, al llegar a casa desde el trabajo, el desafortunado incidente.

—Nadie que te conozca un poquito puede creerte capaz de robar ni siquiera una servilleta en un McDonald's. Deja de preocuparte.

—Pero es que ese es el problema, que el señor Livingstone apenas me conoce. Y lo poco que sabe de mí es que estoy obsesionada con la búsqueda de trabajo de arqueóloga —se quejó mientras revolvía la lechuga de su ensalada con el tenedor.

—Es que estás obsesionada.

—Soy arqueóloga.

—Y dale. —Jasmine dio un trago de cerveza espumosa y la miró a los ojos—. Según ese empecinamiento tuyo, ¿qué soy yo?, ¿camarera?, ¿devoradora de filetes empanados?, ¿amiga?, ¿casera?, ¿nieta?, ¿una mujer negra con problemas de sobrepeso? Somos muchas cosas, Agnes. La complejidad de un ser humano es casi infinita. No puedes andar por la vida repitiéndote que no eres más que una arqueóloga porque entonces el resto de las que hagas o sientas no te supondrán más que rutina y tristeza.

Agnes recordó las palabras de Oliver Twist al respecto de sus dones; «eres buena lectora de *Peter Pan*», le había dicho el niño sabio. En un breve espacio de tiempo, dos personas de cuyo sentido común se fiaba le habían llamado la atención sobre la parcialidad de sus miras. La vida era mucho más que una carrera profesional.

—Y es en esa rutina, en esos gestos cotidianos —prosiguió Jasmine—, donde deberías buscar la felicidad.

—Como en el filete empanado.

—Exacto.

—Entiendo lo que intentas decirme, pero eso no quita que siga preocupada por lo que pueda pensar de mí el señor Livingstone.

—¿Que eres una librera responsable y entusiasta?

—Que he robado el diario de su antepasado para vendérselo a la British Library a cambio de un empleo.

—No estamos en el siglo diecinueve y tú no eres ninguna ladrona de tumbas. Aunque te confieso que tuve mis dudas cuando empezaste a merodear por la iglesia del Temple.

Agnes ignoró las bromas de su amiga y reanudó su cena, sin mucho éxito: no podía evitar seguir dándole vueltas al asunto del diario.

—Quizás el señor Livingstone no piense que soy culpable —resumió al poco rato—, pero John Lockwood seguro que me tiene la primera en la lista de sospechosos. Si hubieses visto cómo me miró antes de irse... Y me dijo que hablaría conmigo la semana que viene, pero al estilo de «mira qué dientes más largos tengo, Caperucita».

—¿El guapo agente de Scotland Yard que entró a punta de pistola en la librería?

—No entró a punta de pistola.

—Pero es guapo.

—Yo no he dicho eso.

—Pero lo piensas. Solo me has corregido en lo de la pistola.

—Sería un drama que me detuviese un policía feo por robar el diario.

Jasmine soltó una carcajada y apuntó a su amiga con el tenedor.

—Estás aprendiendo, Caperucita —le dijo.

Agnes ignoró el comentario y le detalló la conversación con Lockwood.

—A mí no me parece que eso demuestre que sospeche de ti. Seguro que piensa que eres maravillosa, con tus pintas de arqueóloga victoriana y esa mirada tan melancólica. Y hablando de cosas maravillosas...

Jasmine llamó la atención de Michael Drake, el más joven de los propietarios del Darkness, y el hombre se acercó a la mesa.

—¿Todo bien, chicas? —preguntó, secándose las manos en su delantal granate.

—Este filete...

—Por favor, Jasmine, no me hagas enviarlo de vuelta a la cocina. No sabes qué carácter se gasta R. Cadwallader. No te lo cobraré, pero deja que yo me deshaga de él discretamente.

Jasmine le apartó de un manotazo cuando intentaba retirarle el plato.

—Este filete es lo más delicioso que he comido en años. Pero que no se entere mi abuela, por favor.

El alivio del hombre fue tan visible que incluso ensayó un amago de sonrisa, y eso que los Drake eran famosos por la poca habilidad de sus músculos faciales.

—¿Por qué le tenéis tanto miedo a vuestro cocinero? —preguntó Agnes con curiosidad.

—Es galés y se apellida Cadwallader, que proviene de la palabra «*Cadwalader*», que significa «líder en la batalla»:

«*cad*» es «batalla» y «*gwaladr*» significa «líder». Pero tiene más de Cad que otra cosa. Y, por si no os habéis dado cuenta, en las paredes tengo un montón de espadas.

—Me encantan las espadas —le aseguró la arqueóloga.

—Pues no todas son de atrezo.

Jasmine expresó su admiración por los conocimientos lingüísticos de su anfitrión.

—No tengo ni idea de galés —aclaró el hombre—, todo esto me lo explicó el pensionista que había sido su jefe antes de venir a trabajar en el Darkness, junto con una colección de anécdotas escalofriantes sobre su genio y la inconveniencia de preguntarle por su nombre, a menos que se quisiese experimentar una muerte lenta y dolorosa.

—Qué exagerados que sois los baristas. De tanto escuchar las fantasmadas de los clientes con un par de cervezas de más se os ha contagiado el gusto por lo legendario —le riñó Jasmine—. Dile que salga, por favor, que quiero felicitarle en persona por esta cena. Siempre me han gustado sus hamburguesas pero esto...

—¿Estás segura?

Como ella aseguró estarlo, el más joven de los Drake partió rumbo a la cocina con tan dichosa misión.

—¿Por qué tientas a la suerte? —le señaló Agnes a su amiga.

—Porque la fortuna solo sonríe a los valientes.

—Cuando hablas así me recuerdas al señor Livingstone.

—¿Porque somos los dos igual de sabios?

—Porque anda todo el día citando a Shakespeare y a Dickens, desafiando la paciencia de los clientes.

—Buenas noches —les interrumpió un hombre pelirrojo de apariencia bastante civilizada para tratarse de un temible líder en la batalla.

Jasmine se quedó mirándole boquiabierta y Agnes le dio una patada en la espinilla por debajo de la mesa.

—Augh...

—Mi amiga quería felicitarle por su cena.

—Este filete empanado es el mejor que he comido nunca —reaccionó Jasmine escrutando la impasible mirada del pelirrojo en la penumbra del pub—. Quería darte las gracias y felicitarte por tu buena cocina.

R. Cadwallader asintió impertérrito y se retiró de vuelta a sus fogones, dejando a las dos mujeres estupefactas.

—Solo quería ser amable.

—Hay una leyenda, del siglo tercero antes de nuestra era, que explica por qué es una afrenta muy grave felicitar a un cocinero galés por sus filetes —dijo Agnes con seriedad.

—¿Y me lo cuentas ahora? —se alarmó su amiga.

—Va a desafiarte a un duelo, a la manera galesa.

—Me estás tomando el pelo.

—Por supuesto.

Jasmine le tiró la servilleta a la cabeza, pero no tuvo tiempo de replicar a la broma. R. Cadwallader estaba de vuelta con una pequeña bandeja que puso entre las dos comensales.

—Macarons de pistacho, receta del chef. —Esperó a que terminasen de darle las gracias y carraspeó nervioso—. Nadie me había felicitado antes por mi comida. Gracias a vosotras.

Y cuando sonrió, nadie hubiese dicho que la sangre de un terrible, y temido, cacique guerrero galés corría por sus venas.

8

¿Qué le ha parecido *Stoner*, señora Dresden?

—Menos entretenido que mirar cómo se seca una pared recién pintada.

El señor Livingstone le tendió la mano para que le dejara el ejemplar del libro de John Williams, buscó una página en concreto y leyó:

—«Era una casa solitaria ligada a un inevitable trabajo duro en la que él era hijo único.» —Cerró la novela y miró a la señora Dresden por encima de sus gafas sin montura—. Esto es *Stoner*. Un universo entero en una sola frase. John Williams podría resumirle todas las obras de Dostoievski en un párrafo y usted le estaría eternamente agradecida.

—Oh —dijo la señora, impresionada.

—¿Qué le apetece leer esta semana?

Ella no dudó un solo instante antes de responder:

—Terror.

—Corríjame si me equivoco: creo recordar que Stephen King ya le dio su merecido.

—King me gusta mucho, pero quiero probar otro autor.

—¿Qué cosas le dan miedo?

La señora Dresden se encogió de hombros y Edward reparó en que había entrado en la librería calzada con zapatillas de estar por casa.

—Veo que, a estas alturas, está de vuelta de todo espanto —concluyó.

—Cuando era joven me daban miedo la declaración de impuestos, las historias de serenos de mi abuela y mi noche de bodas.

Esa última cuestión inspiró al señor Livingstone, que se apresuró a desaparecer de la vista de su clienta. Volvió del rincón de los románticos con un bonito ejemplar forrado en tela verde oliva de *Frankenstein*, de Mary Shelley.

—Este —advirtió a la señora antes de entregárselo— es el libro más terrorífico jamás escrito.

—Pensé que era sobre un monstruo.

—«Estaré contigo en tu noche de bodas» —recitó de memoria el señor Livingstone—. ¿Qué puede ser más terrorífico que eso?

Al librero no se le escapó el escalofrío que recorrió el voluminoso cuerpo de la señora Dresden al escuchar sus palabras. Pero como al mismo tiempo había mirado la contraportada del libro, se quedó con la duda de si lo habían provocado las veintiún libras que costaba el ejemplar.

Era una tarde tranquila en la librería. Cuando la señora Dresden se fue, con la bolsa de papel que contenía su ejemplar de *Frankenstein* bien sujeta y sus danzarines rizos violetas como un halo de felicidad en torno a su cabeza, Edward cedió a la tentación de sus libros ilustrados. Escogió *El herbario de las hadas*, de Benjamin Lacombe y Sébastien Perez, rellenó y encendió su pipa, y se dispuso a disfrutar del libro bien retrepado en uno de los sillones del rincón de los románticos. Minutos después, al pasar una página, le sorprendió tener compañía en su pacífico refugio; Agnes estaba sentada, con las piernas cruzadas al estilo indio, en un sofá frente al suyo. Por unos instantes, el señor Livingstone se concedió un respiro de la fealdad del mundo. Contempló la delicada postura de su espalda, un mechón de cabello castaño cayendo al descuido por el hombro, la grácil inmovilidad de las manos, un bendito libro sobre el regazo...

—¿Qué está leyendo? —se obligó a conjurar la evanescencia del hechizo de su ayudante.

Agnes le mostró la cubierta de *Por no mencionar al perro*, de Connie Willis.

—Primero habrá leído la novela de Jerome, *Tres hombres en una barca*.

—Tal y como usted me recomendó.

—Buena chica. —El señor Livingstone consultó su reloj de bolsillo y decidió dar la tarde por concluida—. Parece que hoy no vamos a vender más libros. Los londinenses creen en una leyenda no escrita que asegura que es mucho más divertido concentrar todas las compras en la hora anterior al cierre de la librería el 24 de diciembre. ¿Por qué no aprovecha y va a visitar esa exposición en la Tate, de Turner y sus malditas ruinas griegas, por la que suspiraba ayer?

—¿No le importa que me marche antes? —se animó con la propuesta.

El señor Livingstone miró significativamente su pipa y su precioso libro ilustrado y la observó por encima de las gafas sin montura.

—Podré con el estrés.

—¿Por qué no me acompaña?

—Los ingleses no vamos a exposiciones de Turner, preferimos otras actividades más ennoblecedoras como la caza del zorro o el críquet —bromeó el librero—. Pero ahora que menciono al pintor, me recuerda que si quiere seguir sentándose en estos sillones y mantener intacto su honor, debe leer esto...

Edward se giró a su izquierda y encontró con facilidad el libro que andaba buscando: *El año del verano que nunca llegó*, de William Ospina.

—El señor Ospina apunta que esos colores en los cielos de su Turner quizás no fuesen producto de la incurable enfermedad del romanticismo, sino que se debieron a las cenizas

del volcán que... No pienso contarle más —decidió repenti-
namente. Le tendió el ejemplar y ella lo aceptó de buen grado—. Váyase y piense que Constable tampoco está a salvo de
la sospecha.

Agnes acató obediente la orden de su jefe y se apresuró a
abrigarse con esmero antes de aventurarse en el frío aire de diciembre; pero, sobre todo, antes de que un cliente entrase por
la puerta de la librería y la hiciese sentirse culpable por abandonar en sus garras al señor Livingstone y su misantropía.

Cuando Sioban se pasó a hacerle compañía media hora antes
del cierre, encontró a Edward meditabundo detrás del mostrador, con la pipa apagada todavía en la mano.

—¿Tan mal ha ido hoy? —le preguntó tras darle un beso
rápido en los labios y desenredarse de su bufanda.

—¿Eh? No, no, estaba pensando... Acabo de tener una
charla telefónica con John Lockwood.

—Espero que hayas sido amable con él.

—Carezco del vocabulario adecuado para expresar
cuánto.

Sioban preparó el té en el despacho y lo sirvió en dos tazas; se lo tomaron de pie, en el mismo mostrador sobre el que
seguía acodado su taciturno librero.

—¿Qué quería John?

—Saber dónde estaría Agnes mañana por la mañana. —El

señor Livingstone dio un sorbo a la taza y le guiñó un ojo a su chica—. No estamos enfocando este asunto con inteligencia —resumió sus pensamientos en voz alta al cabo de un momento.

—Si te refieres a John, te equivocas.

—Discúlpame si me llevé una falsa impresión de su delicado intelecto cuando entró aquí armado hasta los dientes y rompió mi puerta.

—Solo fueron tus campanillas y estabas harto de ellas. Decías que te hacían sentir como si estuvieses en el cementerio de Whitechapel en la época victoriana.

—Eso es absurdo —se molestó Edward—. Era más como Highgate en 1815.

Sioban ignoró la puntualización e insistió en su defensa:

—Para que lo sepas, John tuvo unas notas altísimas en su examen para inspector.

—¿Sí? ¿Te lo dijo él? Pensaba que esas cosas del MI5 eran secretas.

—Scotland Yard.

—Esos ni siquiera atraparon a Jack el Destripador.

—Y me lo dijo su madre.

El señor Livingstone alzó una ceja y sus ojillos brillaron con malvada ironía.

—¡Eres un esnob! —Perdió la paciencia Sioban.

—Solo soy un pobre librero.

—No te tomas en serio a nadie que no haya pasado cinco años en Oxford.

—Dijo la hermosa exalumna del Balliol.

Sioban resopló indignada y Edward entendió que había ido demasiado lejos en su desencanto por la humanidad. Cogió una de sus manos y la besó. Para completar la escena de muda disculpa volvió a llenar la taza de la doncella de aromático té y le ofreció un emparedado. Esperó a que le diese el primer mordisco para volver a la carga.

—Lo que intento decirte es que hay una manera mucho más sencilla de resolver esto.

La editora le miró en silencio y el señor Livingstone gritó:

—¡Oliver Twist! ¡Baja ahora mismo por los rectos caminos de la lealtad!

—No sé cómo Dickens va a ayudarte con esto.

—No es Dickens, es Oliver Twist: «Los caminos de la lealtad son siempre rectos». Si en esta librería tenemos un cerebro de un cociente superior a 150 quizás ha llegado el momento de recoger los frutos de ponerlo a trabajar.

Oliver se plantó delante de los dos adultos, pidió permiso para coger un emparedado y Sioban le ayudó a sentarse sobre el mostrador.

—Tú, duendecillo rubio —le interpeló el señor Livingstone—, sabes dónde está el diario perdido.

Oliver se encogió de hombros masticando a dos carrillos, pero Edward no se dio por vencido.

—La tarde en la que desapareció estaba lloviendo —aseguró el niño.

—Como casi siempre en Londres —se quejó Sioban.

Pero los engranajes mentales de Oliver ya habían empezado a girar y estaba demasiado aburrido como para resistirse a entrar en el juego que le ofrecía el señor Livingstone.

—Es mala idea sacar papel viejo a la calle si está lloviendo. Nadie querría estropear el libro —apuntó.

—Quien se llevase el diario —continuó Edward con la línea de pensamiento del niño—, si es que ha salido de aquí, era alguien que conocía su valor y no quería dañarlo. Por eso la vitrina está intacta. Se tomó la molestia de forzar la cerradura, en lugar de romper la urna, por temor a estropear su contenido de alguna manera.

»Por esa misma razón, si afuera llovía, quizás escondió el libro aquí mismo. Entre todos estos libros es fácil que uno más pase desapercibido. Tuvo que actuar con rapidez si no quería arriesgarse a que alguien le viera; proteger un documento tan antiguo de la humedad necesita su tiempo.

—Pero ¿por qué iba a hacer semejante cosa? ¿No quería llevarse el diario? —dudó Sioban.

—Porque la intención del ladrón no era robar nada —dijo misteriosamente Edward—. Estoy de acuerdo con el geniecillo astronauta.

—¡Oliver! Recoge tus cosas.

La madre del pequeño les sorprendió al plantarse en el rincón de los románticos. Quizás el tintineo de las campanillas de la puerta había resultado lúgubre para los clientes del señor Livingstone, pero al menos ponían sobre aviso a los habitantes de Moonlight Books de las incursiones de temibles abogadas.

Mientras Twist saltaba al suelo y obedecía las órdenes maternas, la señora se dirigió al dueño de la librería:

—¿Piensa cerrar en Navidades?

—Detestaría que ello causara el menor desajuste en sus planes.

—Oliver tiene tres semanas de vacaciones —se lamentó—. Quiere venir aquí todos los días, excepto los festivos, por supuesto.

—Por supuesto.

Embutido en un anorak azul marino y con la voluminosa mochila sobresaliendo por detrás de su cabecilla privilegiada, Oliver esperaba a su madre dispuesto a irse.

—Adiós, Sioban —pronunció muy educado—. Hasta mañana, señor Livingstone.

—Clara, mi asistente, lo traerá después del almuerzo —le subrayó la señora antes de desaparecer de la mano de su único hijo.

—¿Quién es Clara? —rompió el silencio Sioban cuando se hubo cerrado la puerta.

—Su asistente.

—Ya lo he oído.

—Creo que es la adolescente andrajosa que suelta a Twist en la puerta sin dejar de mirar la pantalla del móvil. Llevo meses sospechando que se trata de alguna especie de liquen extraterrestre.

—¿Un liquen extraterrestre con diploma oxoniense?

—Lamentaría que así fuese.

—¿Por su incapacidad de oratoria?

—Por la imbecilidad que muestra al no dirigirle la palabra a nuestro Oliver.

La habitación de Agnes, en la segunda planta de la casa que compartía con Jasmine, era espaciosa y con cierta tendencia al azul. Las primeras mañanas después de instalarse, pasaba algún tiempo mirando por la ventana. Le gustaba la vista parcial del pequeño patio ajardinado del porche de la entrada y el silencio que se respiraba incluso a tan poca altura. El tráfico de las dos calles principales entre las que se erigía la isla de casas quedaba amortiguado por la distancia y la acústica amable del paraje.

De Cromwell Road apenas vislumbraba parte de la entrada de un hotel y unas oficinas de cristales tintados que ostentaban el rótulo de LOVECRAFT & CARTER BOOKKEEPERS. A Agnes le encantaba ese cartel, por sus nombres y por el misterio de la última palabra. Le gustaba fantasear sobre esos *Bookkeepers*, imaginar el interior del local como una fastuosa biblioteca, regentada por las señoras Lovecraft y Carter —bibliotecarias atemporales, rarísimas y con pistolas al cinto—, que guardaban, en fabulosas cámaras acorazadas, tesoros librescos apenas vistos por unas pocas personas: libros peligrosos, carísimos, extraños, mágicos, que sus propietarios depositaban allí por su seguridad y la de quienes los codiciaban. Solo cuando cayó en la cuenta de que la palabra «*Bookkeepers*» se refería a tenedores de libros de cuentas, esto es, gestores, perdió todo el misterio y la magia.

Estaba convencida de que en su vida muchas cosas habían resultado justo así, exóticas y maravillosas hasta que desentrañaba su misterio y descubría, desolada, que no eran más que rutina. En Oxirrinco, mientras paseaba por las excavaciones a la espera de que la llamasen para cenar, perdía la mirada en el horizonte rosa y ocre de los fabulosos cielos crepusculares africanos y pensaba en su vocación. Sabía que desde fuera la arqueología pasaba por ser una profesión fascinante, con la pátina de aventura y nostalgia de la que la habían recubierto las películas de Indiana Jones y otros buscadores de tesoros. En la práctica, eran muchas horas de duro trabajo en suelos en distintos grados de descomposición arcillosa, en archivos polvorientos o en aulas de clasificación.

Pero al entrar en Moonlight Books había sucedido, por vez primera, el fenómeno contrario: la sencillez cotidiana de traspasar la puerta de una librería londinense se había convertido en el inicio de algo excepcional. Sin apercibirse de ello, con el paso de los días, Agnes había empezado a ver a través de los libros del señor Livingstone con el filtro de lo extraordinario. Le asombraba que hasta la fecha no hubiese dedicado cinco minutos a observar las estrellas tras las lentes de un telescopio, a preguntarse por la alineación única de Júpiter con el cometa 67P, o a entender por qué la sonda *Rosetta* y su módulo de aterrizaje *Philae* se bautizaron así. No comprendía cómo no se había fijado antes en la magia de los libros ilustrados como espejo de la Historia, o en la nostalgia romántica de principios del siglo xix que seguía tiñendo rincones únicos de la ciudad, y no solo de la librería de Edward.

Su mirada se iluminaba con una nueva edición de *La tempestad*, con las cuitas de la señora Dresden, con las disquisiciones de Oliver Twist o con la impasible flema británica de Edward Livingstone. El mundo era gris y solo si se aprendía a mirar se volvía uno capaz de percibir algún retazo de colores brillantes. Había empezado a comprender que la felicidad surge de los brotes más pequeños e inesperados. Y se preguntaba si era posible que todas las cosas buenas de la vida cupiesen en una librería.

Mientras daba de comer pan duro a los patos y sostenía con desgana un libro en la otra mano, sentada en uno de los bancos próximos a la orilla del Serpentine, frente al templete de Hyde Park, Agnes pensaba en que ya no le parecía el fin del mundo ser una arqueóloga desterrada. No tenía prisa por volver a Barcelona y había logrado deshacerse —al menos un poquito— de la ansiedad de la búsqueda y las entrevistas en las agencias de colocación. Le rondaba la certeza de que podría llevar una vida amable y feliz con Jasmine y Moonlight Books, que ellos serían el antídoto a su temporal desazón. Tanteaba la posibilidad de achacar su persistente tristeza a la proximidad de las Navidades cuando se le hundió la mirada en los azulísimos ojos de John Lockwood.

—¿Qué demonios estás leyendo?

No era, ni de lejos, la mejor fórmula para iniciar una conversación con una chica; y mucho menos cuando tenía previsto resultar simpático, poco amenazador y nada suspicaz, por no hablar de su deseo en persuadirla de que no tenía ninguna intención de acusarla de robo. Pero aunque la estaba buscando desde que había entrado en el parque por Hyde Park Corner, junto a Apsley House, le había vuelto a descolocar encontrarse con la cadencia de sus largos cabellos mecidos por el viento ligero, sus mejillas sonrosadas por el frío de diciembre, la mirada sorprendida y acuosa de sus hermosos, grandes, ojos castaños. Tampoco ayudaba al sosiego de John el larguísimo y acampanado abrigo gris marengo ajustado a la cintura, desparramado sobre el banco de madera a su alrededor, que le daba ese aire de princesa rusa en el exilio.

Agnes le tendió el libro de cubiertas rojas y pequeñas letras negras, demasiado impresionada por la irrupción del hombre como para contestarle de manera espontánea.

—«Eneas el Táctico —leyó en voz alta el policía—. *Po-*

liorcética. La estrategia militar griega en el siglo IV a. C.»
¿Lectura ligera por las mañanas?

—Es un tratado muy curioso sobre la defensa de las ciudades. El capítulo sobre contraseñas sorprendería a los informáticos por su atemporalidad, por ejemplo. ¿Cómo me has encontrado?

—Edward Livingstone me dijo que estarías aquí.

—¿Vas a acusarme del robo del diario?

—¿Debería hacerlo?

John se mordió la lengua, enfadado consigo mismo. La había abordado con torpeza y no estaba mejorando las cosas.

—Déjame invitarte a un café —se apresuró a añadir—. Te agradecería que me contases todo lo que recuerdes sobre la tarde en la que desapareció el documento. Aquí hace demasiado frío como para seguir hablando y me dan grima los pollos.

—Patos.

—Para no ser británica tienes un admirable dominio de la ornitología.

Agnes les lanzó un último trozo de pan y se atrevió a volverse a encontrar con los ojos del hombre. Seguía de pie junto al banco, esperando su respuesta. Le pareció que había algo, quizás en la posición de sus manos, en la rigidez marmórea de su postura y de su expresión, que le recordaba a las estatuas imperiales romanas del British. Se levantó sin desprenderse del azul de sus ojos y sonrió.

—Preferiría un té —pronunció con los labios entumecidos por el frío.

—Un té, entonces —concedió John.

Se metió las manos en los bolsillos para no ceder a la tentación de apartarle un mechón de pelo castaño que el viento había alborotado sobre su mejilla; el súbito deseo de enterrar la palma en la suave línea de su cuello, tan cálido... Estaba justo frente a él, tan cerca que podría tocarla con apenas extender los dedos. Pero ya no le miraba, había alzado la cabeza hacia los cielos grises, súbitamente enmudecidos y quietos. No había viento, ni sol ni nubes, solo la cúpula gris marengo, del mismo color de su abrigo de princesa en el destierro. Todo era silencio. El tiempo mismo se había quedado en suspenso, el aliento contenido en unos labios entreabiertos.

Bajó la cabeza de sedosos cabellos castaños y sus ojos buscaron los de John. Una leve sonrisa acarició la comisura de su boca.

—Está nevando —dijo con algo parecido a la felicidad.

Los primeros copos de diciembre descendieron suavemente sobre ellos, a orillas de un lago sinuoso, con la promesa de teñir de blanco las altas copas de las hayas y los seculares tejos.

9

Bajo el paraguas azul de Agnes, cogidos del brazo, el parque a su alrededor no era más que silencio de algodón y el susurro de los altos abetos al mecerse con lentitud soñadora. Resultaba extraño acompasar el movimiento al de otra persona cuando se llevaba tanto tiempo caminando en solitario.

John sujetaba el paraguas con la mano derecha y guiaba con paso firme hacia la salida de Hyde Park, por Serpentine Road, en dirección a Green Park. Le agradaba la confianza con la que la chica se había acomodado en el refugio de su brazo, apretada contra su costado izquierdo. Era apenas una cabeza más baja que él y su largo pelo a veces le rozaba el mentón. Disfrutó del momento en el que el mundo no era más que lo que había bajo la protección de aquel paraguas azul; seguro de que, en esos instantes, nada importaba más allá de las nubecillas blancas de la respiración del hada del señor Livingstone.

Cuando salieron del parque y caminaron a lo largo de Piccadilly, el tráfico de Mayfair, agravado por el atasco que siempre cambiaba al capricho de la climatología, rompió el hechizo callado de su aislamiento. Pese a que se consideraba un hombre práctico y poco dado a analizar sentimientos, a John le pareció que le embargaba la nostalgia de los altos abetos y las hayas frondosas de Hyde Park.

—¿Cuánto tiempo hace que vives en Londres? —le preguntó a Agnes sin aflojar el paso.

—Desde septiembre. Es la primera vez que veo nevar en la ciudad.

—No voy a creerme que viniste aquí por el clima.

—En Barcelona no tenemos nieve y eso causa terribles traumas en nuestras infancias. —Sonrió—. Busco trabajo, de arqueóloga. ¿No es por eso por lo que venimos todos?

—Si fuese siempre así, así de sencillo... Trasladarse de país en busca de una oportunidad laboral, y no por causa de una guerra, del hambre, de la enfermedad, de la muerte y la desesperación. —Agnes le observó con curiosidad, su perfil serio, la mirada perdida más allá, en el horizonte de las cúpulas londinenses—. Estuve en Afganistán. —Se vio obligado a aclarar después de una breve pausa—. A menudo pasaba por pueblos que no eran más que ruina. Solo cuando sales de casa tomas consciencia de que has nacido en el lado amable del planeta.

Algo intimidados por el serio cariz que había tomado su conversación guardaron silencio unos instantes. Sus pasos apenas se oían entre la densidad del tráfico y las ráfagas de viento que acompañaban de pronto la tormenta de nieve. Avanzaban tranquilos, a buen ritmo, con la seguridad de las zancadas de Lockwood marcando el rumbo. El pensamiento fugaz de que estaba a salvo mientras siguiese enlazada al brazo de aquel hombre atravesó la conciencia de Agnes.

—Edward no cree en la bondad de ninguna civilización —dijo ella tras reflexionar sobre las palabras de John—. Ni siquiera después de leer *El libro de la madera* de Lars Mytting está seguro de que los noruegos sean del todo perfectos en lo que a cultura ancestral, sociedad y costumbres se refiere.

—¿Y qué piensa una arqueóloga?

—No me atrevería a decir de ninguna civilización antigua que fuese perfecta, pero quizás deberíamos preguntarle a un antropólogo.

—En Scotland Yard trabajamos con uno. Nunca sacamos nada en claro de sus conclusiones, excepto cuando se va de copas con los psicólogos del departamento.

Por el aniversario de la primera publicación de *Alicia en el País de las Maravillas*, de Lewis Carroll, el escaparate de Fortnum & Mason en Piccadilly recreaba extraordinarias escenas del libro: el té del Sombrerero Loco, la Reina de Corazones en su jardín, Alicia y el Conejo Blanco cayendo por la madriguera... Agnes, que se había parado a contemplarlas desde la calle siempre que pasaba por allí, pensaba que era la escenificación más hermosa del clásico de Carroll que había visto jamás. Pero esta vez, cuando llegaron al número 181 de Piccadilly Street solo vislumbró de reojo la imagen que de ellos dos devolvía el cristal de los bonitos aparadores artesonados en oro y malaquita. Se preguntó quién era aquella extraña que caminaba deprisa y confiada del brazo de John Lockwood. Un par de desconocidos bajo el mismo paraguas, bajo los cielos grises redimidos por la nieve tan blanca.

Agnes creía en la importancia de medir bien la distancia que mantenía con las personas, pues todas ellas contribuían, positiva o negativamente, a definir los detalles de quién era ella. Somos nuestro pasado. Pero también somos el compendio de un millón de aportaciones del otro, porque nadie es impermeable; y que todos esos pequeños añadidos constituyan una galaxia de buenas y enriquecedoras intenciones depende de quién nos acompañe en el camino. La arqueóloga sabía que el señor Livingstone le había aportado serenidad y aprecio por aquello que es único y original en cada ser humano; cuando estaba con Oliver se sentía menos desencantada, capaz de mirar el mundo con ojos nuevos, sin prejuicios; con Sioban, más sensata y práctica; Jasmine le teñía de esperanza y optimismo incluso los momentos más oscuros del día.

Edward le mencionó una vez que William Faulkner había escrito en *Mientras agonizo*: «La soledad es la mejor respuesta ante un mundo plagado de gente vacía y malvada».

—Lo que demuestra, como ya me hizo sospechar la huida de Henry David Thoreau a los bosques con su hacha, que no todos los americanos son amigables —había bromeado el librero.

Agnes no se había atrevido a preguntarle si esa había sido la certeza que le había llevado a aislarse en la burbuja de Moonlight Books, donde nada malo podía pasarle; un mundo a su medida donde la gente vacía y malvada no tenía cabida, pues ¿cómo iban a ser villanos los lectores asiduos?

No es que la librería hubiese cambiado su naturaleza —Agnes sabía que cuando se rebasaba la adolescencia eso era poco probable— pero, desde que estaba en Londres, sus nuevos amigos y todos esos libros que el señor Livingstone le había recomendado habían obrado la magia de hacer que aprendiera, de cambiar ligeramente su forma de ver la vida. Quién era ella junto a John Lockwood, frente a aquel maravilloso escaparate, era todavía un misterio por descubrir.

Ajeno a los pensamientos de su acompañante, John esperó al refugio del porche porticado de Fortnum para cerrar el paraguas e invitarla a entrar sosteniendo la puerta. El interior de la tienda los recibió con sus cálidas luces prendidas del techo, su enorme escalinata de mármol y un sinfín de guirnaldas navideñas que adornaban la magnífica disposición palaciega. La suntuosidad de aquel hall era tal que, siempre que lo visitaba, a Agnes le parecía como si Luis XIV estuviese a punto de dar comienzo al baile de primavera. Jamás se hubiese atrevido a decir en voz alta semejante blasfemia en tierra inglesa, por supuesto, pero no podía describir de otra manera la contradictoria sensación de ligereza y adorno excesivo que la envolvía en la primera planta de la tienda-restaurante.

—¿Es demasiado pronto para subir al Jubilee?

John se refería al Diamond Jubilee Tea Salon, en la última planta del edificio de Fortnum & Mason, en Piccadilly Street. Su elegancia estilo Regencia y sus legendarios servicios de té amedrentaban un poquito a Agnes.

—Siempre es el momento perfecto para subir al Jubilee. Soy una rendida admiradora de una civilización capaz de darle semejante empaque al sencillo acto de tomarse una taza de té.

Lockwood se acercó a ella como si fuese a hacerle una confidencia.

—Es para impresionar a los turistas.

El susurro en su oído disipó momentáneamente el frío de Agnes. John cedió a la tentación de acariciarle el pelo con la excusa de quitarle algunos copos de nieve a medio derretir que se habían posado sobre su cabeza. Ella contuvo el aliento, del todo inmóvil, temerosa de romper el instante de intimidad.

—Pero no pienso subir en esa reliquia de ascensor —carraspeó el policía para librarse del hechizo.

—¿Sufres claustrofobia? —Agnes imaginó lo difícil que sería embutir la corpulencia de su acompañante en el pequeño elevador con ascensorista incluido.

La razón por la que la arqueóloga nunca se había quedado a tomar el té en el Jubilee, pese a que había subido alguna vez para admirar el salón, era que le intimidaban sus recepcionistas. Llegaba hasta la última planta, se presentaba ante sus sonrientes caras de bienvenida y le asaltaba la sensación de ir andrajosa o despeinada, o ser demasiado pobre para merendar en su compañía, o todas esas cosas a la vez. Pero cuando apareció en el vestíbulo del Jubilee, algo jadeante después de subir todas esas escaleras y acompañada de John, se sintió formidable. Tenía los zapatos mojados, los pies helados, el abrigo salpicado de nieve derretida y el pelo a medio camino entre la apariencia de un gato mojado y los restos del nido de un pájaro silvestre; pero nada de eso le importó cuando John pidió mesa para dos y las recepcionistas los miraron de arriba abajo con su sonriente desaprobación acostumbrada. Al policía le resbaló el escrutinio mientras cruzaba el bonito parquet de madera natural en dirección a los ventanales de Piccadilly. Ignoró la mesa que le ofrecía la rubia y pulcra empleada, en el rincón más oscuro de la pared norte, y eligió sitio junto a la ventana, bajo la luz sobrenatural de un cielo de tormenta.

—Aquí estará bien, gracias —dijo con firmeza.

A Agnes le pareció como si hubiese sacado su placa de Scotland Yard para indicar que se trataba de un seriosísimo asunto oficial. La rubia no contestó, pero ya no parecía tan sonriente.

John retiró una de las dos sillas para ofrecerle asiento y esperó a que ella se deshiciese del abrigo y se acomodase para imitarla. Durante unos momentos ambos disfrutaron de la vista a través del cristal y de la danza armoniosa de los copos al otro lado. Pocas ciudades son tan hermosas como Londres en Navidad bajo una capa de nieve.

—¿Qué crees que puede haber pasado con el diario del señor Livingstone? —le preguntó John después de encargar dos servicios de té con galletas y bizcochos.

—No lo sé. Todos parecen convencidos de que desapareció la tarde en la que estuve sola al cargo de la librería. Pero no noté nada fuera de lo común... y yo no me lo llevé —añadió con énfasis.

—Un tipo indignado porque en una librería no vendían DVD, los Rosemberg y su libro verde, y la señora Dresden con algo sobre un arma blanca...

—Un puñal de Morgul.

—¿Todo eso te parece «nada fuera de lo común»?

Agnes sonrió y al policía le pareció que todo a su alrededor cobraba luminosidad.

—No envidio tu trabajo —concluyó.

—Ese diario es un documento excepcional. El valor para el señor Livingstone es sentimental, pero desde un punto de vista científico e histórico...

—Tú eres la principal sospechosa.

—Sí.

—Si te sirve de algo, estoy convencido de que tú no te has llevado el diario.

—Sí que me sirve.

—Agradezco tu confianza pero podría ser un poli malísimo, ¿por qué piensas que mi criterio es acertado?

—Porque crees en mi inocencia.

John soltó una carcajada, le resultaba imposible dejar de mirarla. Bajo la extraña luz de la tormenta de nieve se le antojaba de una belleza conmovedora. Sus ojos castaños prendidos de los suyos, su sonrisa, la delicadeza de sus manos, la cadencia sencilla de sus palabras.

Guardaron silencio mientras les servían el té en grandes teteras de porcelana blanca decoradas con pajarillos y hojitas orientales. Pequeños platos a juego, con diminutas galletas, bocaditos de crema inglesa, bizcochos esponjosos rellenos de pasas, de chocolate, de mermelada de grosella, llenaron la mesa de cálida alegría. Agnes no pudo ocultar la ilusión del momento, lo mucho que le complacía aquel preciso instante. Incluso mientras leía libros de improbables expediciones, como *Crónica de una cacería de troles*, de James McBryde, no podía dejar de imaginarse a los exploradores británicos —impecablemente vestidos a la rígida moda de 1899, enfangados y exhaustos, perdidos en medio de los páramos daneses—, consultando su reloj de bolsillo, maldiciendo con exquisita educación por el lamentable estado de sus botines y parando para tomar el té.

—Me encanta —dijo—, es como en todos esos libros que me hace leer Edward.

—¿Libros sobre té?

Agnes negó con la cabeza.

—Literatura británica, clásicos, mucho Arnold Bennett, pero también novelas británicas hoy casi olvidadas aunque tuvieron muy buena acogida en la época de Virginia Woolf, D. H. Lawrence o James Joyce.

—¿Novelas de detectives?

—Algunas. —Sonrió ella—. Como las de Edmund Crispin, Dorothy L. Sayers, Ngaio Marsh o Georgette Heyer. Pero sobre todo literatura de finales del siglo diecinueve hasta mediados del veinte. Aunque a veces hace excepciones y me pone en las manos algún libro de ciencia ficción de Connie Willis, de Tim Powers o de Orson Scott Card. En casa, es Jasmine la que me hace leer *feelgood*, para compensarme de tanto misterioso pesar, atormentados románticos y veleidoso humor británico.

—¿Qué es eso del *feelgood*?

—Novelas en las que los protagonistas jamás comen acelgas —resumió ella, pensando en todos los títulos que le había descubierto su amiga—. Historias en las que apenas ocurre nada extraordinario, cuyos protagonistas no son grandes héroes. Historias en las que la felicidad se mide en pequeños momentos y se halla en los gestos más cotidianos...

—Como tomarse un té en el Jubilee con la mujer más hermosa de Londres.

John sintió una agradable oleada de calidez en el estómago cuando un suave rubor tiñó las mejillas de la ninfa. Si hubiese leído *Por no mencionar al perro*, de Connie Willis, se habría dado cuenta de que llevaba un tiempo mirando a Agnes exactamente igual que la primera vez que Ned Henry vio a Verity. Quizás Lockwood no supiera qué se sentía bajo los efectos del vértigo transtemporal, pero si Henry se lo hubiese descrito habría comprendido en ese instante algunas verdades sobre lo que le estaba sucediendo.

—Esto —susurró Agnes abarcando con un amplio gesto las vistas de Londres bajo la tormenta de nieve, el salón entero y el bellísimo despliegue de porcelana y dulces que habían dispuesto para ellos dos— es magia.

Cuando Agnes llegó esa tarde a Moonlight Books, convencida de haber vivido uno de los momentos más felices de su existencia, encontró al señor Livingstone de pésimo humor, discutiendo con Charlie Caldecott.

—No es ningún castigo divino, hum, hum —defendía el viejo sastre sentado en uno de los butacones del rincón de los románticos.

—Eso mismo dijeron los londinenses del incendio de 1666. Como si las tropelías de Cromwell y la decapitación de Carlos I no tuviesen nada que ver con su desgracia.

—Es que no tuvieron nada que ver.

—La columna del Monument es horrorosa —insistió enfurruñado el librero.

—Mi profesora de Ciencias me explicó que Hooke instaló dentro del Monument un telescopio —metió baza en la conversación Oliver desde el piso de arriba—. Nunca he podido verlo.

—¿Qué es lo que pasa? ¿Por qué está de tan mal humor? —intervino Agnes.

El señor Caldecott saludó con un gesto de cabeza a la recién llegada y le aclaró:

—Los ingleses no tenemos humor, hum, hum. Ni bueno ni malo. Solo pragmatismo y bolsas de agua caliente.

—Llega usted tarde —gruñó Livingstone.

—Agnes, ven a leerme *Peter Pan* —la llamó Oliver desde las alturas.

Resistiéndose a la tentación de subir y retomar la lectura, le indicó a Twist que lo haría más tarde y repitió la pregunta al señor Livingstone.

—Me han vuelto a nominar para el Premio Scrooge —contestó entre dientes, escudándose tras su pipa—. Por tercer año consecutivo.

—El Premio Scrooge —aclaró Caldecott— se concede al librero más gruñón del año. Una especie de galardón, hum, hum, que reconoce el grado de excentricidad de los libreros londinenses.

—¿Ha ganado el señor Livingstone alguna vez?

—Nunca —sonrió el anciano sastre.

Una corriente de aire frío, procedente del exterior, se coló en la librería cuando Sioban entró apresurada y triunfal.

—¡Me he vuelto loca! —anunció eufórica—. Acabo de comprar los derechos para publicar las cartas de J. R. R. Tolkien.

—¿Te has vuelto loca, mujer? —repitió el señor Livingstone todavía en su papel de Ebenezer Scrooge.

—Absolutamente. Presta más atención, Edward Livingstone. Lo acabo de decir. Estaba en Southbank, en el mercado navideño del libro, a las puertas de un simposio sobre troles (los infraseres que revientan novelas, no los seres fantásticos), y de repente me encontré en medio de una discusión entre alguien de Houghton Mifflin Harcourt y no sé quién de la Tolkien Estate.

—¿El señor Mifflin? —preguntó Caldecott, esperanzado— ¿El de *La librería ambulante*?

—Houghton Mifflin es el grupo editorial que edita actualmente las obras de Tolkien.

—Perdona a nuestro Charlie, tiene tanto en común con Christopher Morley...

—Pues no te vendría nada mal un par de fantasmas para tu librería, hum, hum.

—¿Y qué pasó? —preguntó Agnes algo molesta por tanta interrupción literaria.

—No lo sé todavía, fue todo tan confuso... La discusión

subió de tono, aparecieron Christopher Tolkien y su mujer, y Cathleen Blackburn, de Manches & Co. Y pensé que si no era valiente entonces, no lo sería nunca.

—Mi valquiria. —Suspiró el señor Livingstone mirándola con fingido arrobo.

—Oh, calla, malvado librero.

—No le hagas caso —intervino Caldecott—, han vuelto a nominarle para el Premio Scrooge.

—Enhorabuena, cariño.

—Grrrrrr —farfulló Edward, llevándose la pipa a la boca para disimular lo mucho que le disipaba el mal humor la felicitación y el beso en la mejilla de Sioban.

—¿Y qué les dijiste?

Agnes no podía creer que en aquella librería ella fuese la única que estaba impaciente por saber qué pasaba con las cartas de Tolkien. Su té en el Jubilee con John Lockwood empezaba a quedarse muy pequeño comparado con la mañana que había tenido Sioban.

—Les miré a los ojos y les dije, con toda la sangre fría de la que fui capaz, que una de las razones por las que había fundado una editorial llamada Symbelmyne era por el sueño de publicar a J. R. R. Tolkien. La esposa de Christopher me preguntó por qué. Y le contesté: porque no entiendo la concepción mitológica de la literatura británica sin Tolkien, porque mis años en el Balliol College no hubiesen tenido ni la mitad de encanto sin conocer la historia de Oxford durante la Segunda

Guerra Mundial, la historia de los Inklings; porque también a mí me hubiese gustado almorzar los martes en The Eagle and Child y leer en voz alta diatribas imaginarias contra F. R. Leavis, o inventarme una ópera sobre Hamlet en islandés antiguo.

—Ah, Oxford en la Segunda Guerra Mundial... un período arquitectónico desafortunado, sin duda, pero con cierto encanto libresco —divagó el señor Livingstone—. Nada que ver con la época victoriana y su sucesión de recepciones en traje de noche, una pesadilla para los editores. Y no es que defienda el arte victoriano, a no ser que tenga ese toque de goticismo tan de John Betjeman...

—Entonces Cathleen y Christopher me dijeron que iban a poner a la venta los derechos de las cartas de su padre, la selección de Humphrey Carpenter. —Sioban realizó una pausa dramática bien calculada que les mantuvo a todos en suspenso (incluido el señor Livingstone y sus divagaciones arquitectónicas) hasta que añadió—: He invertido todo el capital que no tenemos en Symbelmyne, pero he comprado esos malditos derechos de edición. Por siete años. Pienso publicar las cartas dentro de tres meses, con prólogo de alguien maravilloso, y muy élfico, que todavía no he decidido.

—Enhorabuena, querida Sioban. —Le aplaudió Caldecott—. Hum, hum, esto merece un buen trago de ese whisky escocés que el rácano de tu novio siempre tiene escondido para cualquier visita.

—No pienso deciros dónde está.

—Agnes, cielo, en la segunda planta, en la sección de misterio, detrás de la colección de Dorothy L. Sayers. Yo traeré los vasos y Caldecott, el hielo.

—Esto es insultante. En la época victoriana y en el Oxford de Tolkien.

—Bésame, Edward. Estoy arruinada pero te quiero.

El señor Livingstone obedeció a regañadientes, hasta que sus labios encontraron los de su hermosa valquiria y olvidó cualquier reticencia.

—Haces que me resulte imposible ganar ese condenado Premio Scrooge —gruñó contra su boca.

10

Faltaba una semana para Navidad. Agnes recorría Covent Garden escogiendo obsequios para sus amigos; Oliver negociaba incansable con su madre la licencia para pasar una noche sin luna en la librería; Sioban y su socio volvían a repasar la escasa liquidez de Symbelmyne con la esperanza de haber olvidado algún ingreso pendiente; y John Lockwood entraba en Moonlight Books con una discreción tan exquisita que se hubiese ganado la admiración de Edward si este se hubiese percatado de dicho acontecimiento.

—Señor Livingstone —saludó al dueño de la librería en cuanto le localizó cerca de la mesa de libros ilustrados.

—Inspector —le respondió el librero con un ejemplar de *Viaje de un naturalista alrededor del mundo*, de Charles Darwin, en las manos—. ¿Ya ha encontrado mi diario?

Al policía le pareció que lanzaba la pregunta sin demasiado interés, como una fórmula de cortesía hacia un loco obsesionado por su peculiar afición a seguirle la pista a documentos desaparecidos.

—Todavía no. Vengo de entrevistarme con los Rosemberg.

—¿Cree que se dedican al contrabando de manuscritos antiguos?

—Creo que están... que son un poco extraños. Tienen la casa llena de maceteros con plantas espeluznantes.

—Son botánicos.

—Pero esas plantas...

Lockwood se interrumpió cuando un hombre, impecablemente vestido con traje y corbata, abrigo oscuro y un enorme maletín negro, se plantó ante ellos.

—Disculpe —se dirigió muy educado al señor Livingstone—, necesito leer *Alicia*, de Lewis Carroll.

—¿*En el País de las Maravillas* o *A través del espejo*?

—En mi casa, por favor.

—¡Cáspita! Voy a buscarle un ejemplar con ambas ediciones inmediatamente. Si alguien en esta ciudad merece leer a Carroll es usted.

Acodado en el mostrador, John esperó paciente a que el señor Livingstone envolviese y cobrase el ejemplar de *Alicia* al hombre trajeado.

—Ahí va un espécimen humano con el que me gustaría

tomarme una cerveza —confesó el librero cuando se hubo cerrado la puerta de la tienda tras su cliente.

—Señor Livingstone —le llamó al orden el policía—, los Rosemberg.

—Ah, sí, los Rosemberg y sus veleidades botánicas.

—No creo que ellos se llevasen el diario, como no fuese por equivocación. Me costó cinco minutos que recordasen que habían estado en Moonlight Books y casi diez que me dijesen por qué habían ido.

—Sí, así son mis queridos Hansel y Gretel.

—No se llaman así.

—Pero nunca logro acordarme de sus nombres y, sean cuales sean, Hansel y Gretel me parecen mucho más adecuados.

—Me sorprende que sean capaces de volver a su casa cada vez que salen de ella. No les imagino perdidos en un bosque. Ni siquiera darían con la casa de la bruja.

—Ya había pensado en eso —asintió Livingstone meditabundo—. Si los Rosemberg se han llevado mi diario es improbable que recuerden dónde lo han escondido.

—Lo que me parece improbable es que conociesen siquiera la existencia del diario. A no ser que usted lo tuviese plantado en un tiesto, jamás llamaría su atención.

Edward estaba a punto de puntualizar que *Observaciones cartográficas, zoológicas, botánicas y geológicas del sur de África* sí que podría haber llamado la atención de Hansel y

Gretel, por sus magníficas descripciones de plantas raras, cuando la señora Dresden entró en la librería muy apresurada. Volvía a ir en pantuflas y parecía haberse puesto todo lo que tenía en el armario para contrarrestar la fría mañana de diciembre. Sus rizos violetas, alborotados, brincaban alegres sobre su cabeza. Ignoró a John como si fuese invisible y se dirigió presurosa hacia el señor Livingstone.

—Quiero escribirle una carta al profesor Gervase Fen —dijo sin preámbulos—. ¿Sería tan amable de proporcionarme su dirección postal? Vive en Oxford.

El librero no exteriorizó ninguna señal de extrañeza por la irrupción de su clienta habitual, ni siquiera por su demanda o por la ausencia de un protocolario saludo. John admiró en silencio la robusta flema del señor Livingstone, se preguntó si sería por los años de trato con tan peculiares lectores o por su naturaleza impertérrita.

—Señora Dresden, Fen es de ficción —advirtió el librero.

—No. Es de Oxford, estoy segura.

—Me refiero a que es un personaje inventado. Producto de la imaginación de Edmund Crispin.

—¿Y a usted le parece normal que alguien con un apellido tan ridículo como ese sea real y, en cambio, el profesor Gervase no?

—Edmund Crispin era el seudónimo de Robert Bruce Montgomery.

La señora Dresden le miró con desconfianza.

—¿Por qué quería enviarle una carta? ¿Tiene algún caso para él?

—Un misterio, un enigma, un desafío —formuló con cierto brillo pícaro en sus ojillos oscuros.

—Ah, entonces puedo hacer algo mejor por usted, querida señora. Este es John Lockwood, inspector de Scotland Yard.

A la señora Dresden pareció gustarle lo que veía, pues asintió apreciativamente tras tomarse su tiempo en repasar al corpulento policía.

—¿Y también es de ficción?

—No, es de Londres.

—Por favor, señor Livingstone —le suplicó John, pensando en lo indefenso que se sentía pese a ir armado.

El librero le guiñó un ojo y desapareció unos instantes escaleras arriba. Volvió a bajar con un voluminoso libro de portada blanca, letras negras y coloridos dibujos de animales.

—*Trilogía de Corfú*, de Gerald Durrell —leyó la señora Dresden cuando se lo tendió.

—Le ayudará a relajarse y a olvidarse del siempre lluvioso Oxford. Creo que tanta aventura a bordo del *Lily Christine* le ha excitado un poco la imaginación.

Cuando la señora Dresden se marchó con su nueva lectura, Edward se atrevió a calibrar el grado de desesperación del policía observándole por encima de sus gafas sin montura. No lo llevaba del todo mal.

—No parece que se esté tomando en serio lo de recuperar su diario —sentenció John.

—Si cree que ese manuscrito no es importante para mí, se equivoca.

Lockwood le devolvió la mirada con serenidad y decidió resumirle sus pesquisas antes de que la dichosa puerta del camarote de los hermanos Marx volviese a abrirse y apareciera otro loco de los libros pidiendo un ejemplar de *Lorem ipsum*.

—Hoy he descartado a los Rosemberg y ayer tuve acceso a las imágenes de la cámara de seguridad que hay al final de esta calle. Localicé la entrada y la salida del tipo de los DVD, fue rápido y no llevaba ningún diario cuando se fue, al menos en lo que se percibía a simple vista. No creo que estuviese el suficiente tiempo en la tienda como para abrir la vitrina y coger el diario sin que Agnes le viese.

—Nos hemos quedado sin sospechosos, entonces —se resignó el señor Livingstone.

—¿Y Agnes Martí?

—¿Qué pasa con ella?

—Estuvimos charlando. La acompañé a tomar el té.

—Espero que estuviese a la altura.

—En el Jubilee.

—Me refería a usted, John Lockwood, no al té.

El policía le miró intrigado. Dudó apenas unos instantes antes de preguntarle:

—¿Por qué le caigo mal, señor Livingstone?

—Todo lo contrario. Usted me gusta. Mucho. Por eso soy más... exigente —pareció orgulloso de haber dado con la palabra precisa— que si me resultase aborrecible.

John esperó a que siguiese explicándole su rocambolesca teoría empática.

—Si me cayese mal, como usted dice, o si sospechase de la bondad de sus intenciones, estaría mucho más relajado en su presencia. Nada negativo o traicionero puede cogernos de sorpresa de una persona a la que ya hemos catalogado como el villano de la historia.

»En cambio, opino que es el héroe de esta novela y, como tal, espero grandes cosas de usted. Pero a la vez temo que me decepcione, de ahí que, como buen sabueso, detecte cierta desconfianza por mi parte.

—Pero ¿en qué teme que le decepcione?

—Sabe perfectamente de qué estoy hablando, John. Hasta un pobre librero miope y con el cerebro en Narnia se ha dado cuenta de cómo mira a mi nueva ayudante.

Si la afirmación del señor Livingstone sorprendió al inspector Lockwood, supo disimularlo bien. Mantuvo la mirada en los ojos azules de su interlocutor y se permitió esbozar media sonrisa.

—¿Y cómo la miro?

—Como John Keats a Fanny Brawne. «Me olvido de todo salvo de volver a verte.»

—Si piensa que soy un hombre bueno, no debería temer por su ayudante.

—Pero no existe semejante cosa, inspector Lockwood. —Sonrió Edward—. No hay hombres buenos. Solo intenciones perfectas.

John salió de la librería del señor Livingstone como de un sueño profundo: confuso y desorientado. Caminó por las callejuelas limpias del distrito y atravesó los Inner Temple Gardens en dirección al Embankment. Decidió ir andando hasta el corazón de la City, donde había quedado con Sarah para comer, y despejarse un poco. No había sacado nada en claro de su visita a la librería ni tampoco había progresado en la investigación sobre el diario. Caminó junto al río, en dirección a la London Tower, y cruzó el Támesis por Blackfriars Bridge.

Cuando llegó a las oficinas del grupo de comunicación Ogilvy & Mather, contempló el Coca Cola London Eye con cierto pesar; esa rueda gigante le parecía un inoportuno símbolo de su fracaso en el caso del diario desaparecido. Sarah salió del edificio de Ogilvy puntual, le dio un beso rápido y tiró de él hacia su restaurante preferido, la cafetería del Imperial War Museum.

—No entiendo por qué te gusta comer aquí —se quejó John contemplando el horrendo edificio de Southwark que con anterioridad había sido la sede del Bethlem Hospital.

Por más que intentase acostumbrarse al contraste entre su fachada de frontispicio y columnas romanas, su elevada cúpula malaquita y el cuerpo cuadrado de ladrillos de un marrón trágico, no lo conseguía.

—Es por la ensalada de cangrejo.

Hablaron de trivialidades hasta que se hallaron incómodamente instalados en sendas sillas de plástico blanco, frente a sus ensaladas de cangrejo, con una diminuta mesa de plexiglás entre ellos. John pensó, antes de dar el primer bocado, que los pretendidos trozos de cangrejo de su ensalada sabrían igual que los sucedáneos de muebles de la cafetería si estos formasen parte del menú.

—Ya es oficial —interrumpió Sarah sus elucubraciones gastronómicas—, me voy a Hong Kong a mediados de enero.

—No sé si darte la enhorabuena.

—Claro que sí, John, es un ascenso. Estoy entusiasmada.

Hacía más de tres meses que Sarah y él habían dejado de salir juntos. En parte había tenido la culpa ese traslado a Hong Kong, por lo que el entusiasmo de su exnovia le resultaba todavía un poco ofensivo por mucho que se alegrase por su ascenso. Sabía que estaba siendo injusto al echarle parte de la culpa al éxito laboral de Sarah; su relación llevaba más de un año en tiempo muerto cuando ella —siempre fue más valiente que Lockwood en reconocer el desastre emocional que les rondaba— se había decidido a darle nombre a lo que les estaba pasando.

—John, no queremos estar juntos —le había dicho una luminosa mañana de domingo en la que habían quedado para desayunar y leer la prensa dominical en una de las terrazas de Covent Garden— y ninguno de los dos quiere ser el primero en decirlo.

—Entonces disimulemos. —Le había sonreído él.

—No quieres casarte conmigo, ni siquiera estás ya enamorado de mí.

—¿Por qué dices eso?

—Porque yo siento exactamente lo mismo.

Cuando se despidieron aquel día, con un largo abrazo que tenía mucho de definitivo, ella le había arrancado la promesa de continuar con su relación unos meses más, darse una segunda oportunidad; Sarah adoraba la idea de ellos como pareja, la perfección de hacer realidad esa idea, pero en la práctica sabía que ambos acabarían siguiendo caminos separados. Puede que armonizasen juntos, que fuesen buenos amigos, que se entendiesen bien y tuviesen mucho en común, pero les faltaba la clave de bóveda que mantenía en pie la belleza de cualquier arquitectura amorosa: no estaban enamorados, nunca lo habían estado. Ni en el mejor de sus días, por mucho que disimularan, no habían pasado más allá de sentir cariño por el otro. Salir juntos, barajar la idea de casarse, acompañarse mutuamente en la mesa de sus respectivas familias había sido reconfortante, pero en el fondo sabían que ninguno de los dos se lo había tomado nunca demasiado en serio. Por eso, cuando unas semanas después de aquella mañana de domingo en Covent Garden, le surgió la oportunidad de ocupar un puesto en la dirección de la oficina en Hong Kong de Ogilvy & Mather, Sarah supo que había llegado el momento de despedirse definitivamente del proyecto idealizado de su relación con John.

Frente a la ensalada de cangrejo, el policía no tenía demasiado apetito. Su mente había saltado del rescoldo de su fugaz noviazgo a la ilusión de comenzar de nuevo, quizás con mejor suerte. Como no solía practicar la reflexión y la duda en materia sentimental, estaba dispuesto a lanzarse a la expedición recóndita y tentadora que le suponía descubrir al hada descalza del señor Livingstone.

—He conocido a alguien —se le escapó.

No tenía planeado confesarle nada a Sarah, pero las palabras habían salido de su boca sin detenerse en su, hasta la fecha, bien controlado filtro cerebral.

—No creas que no me pone celosa escuchar algo así —bromeó ella.

—No estoy saliendo con nadie, si es eso a lo que te refieres.

—No tienes que darme explicaciones, John. Me parece bien y me alegro de que sigas adelante con tu vida, pero...

John esperó a que ella continuase.

—¿Te importaría esperar hasta después de las vacaciones de Navidad para dar la noticia a nuestras respectivas familias?

—¿No quieres que sepan que hace meses que ya no estamos juntos?

—Más bien que no vamos a casarnos. Mi madre se va a poner como loca, ella sí que está enamorada de ti.

—Muy graciosa.

—No he dicho nada en casa de lo de Hong Kong, ni tampoco de lo nuestro. Me apetece tener unas Navidades tranquilas, quizás las próximas no pueda celebrarlas en casa.

John reflexionó un momento sobre la petición de Sarah. No le parecía descabellada. Sus padres intuían —seguramente porque Sarah llevaba meses sin aparecer por su casa o ser mencionada en las parcas conversaciones con su hijo— que su relación pasaba por momentos muy bajos. Pero el doctor Lockwood preferiría cortarse una mano a preguntarle a su primogénito por sus asuntos amorosos y Anne era demasiado aprensiva como para imaginarse a su único hijo con el corazón roto, así que también evitaba el tema.

—Ven a cenar el 24. —Propuso el policía—. Solo estaremos nosotros cuatro, y así evitarás que mi padre y yo hablemos sobre algo que no sea la comida o la previsión de lluvias para la semana.

—Gracias. A ti te toca por Año Nuevo. Y prometo que el día 2 de enero, a más tardar, tendré una reunión de emergencia con mi familia y les pondré al día de mi huida del país y de la tristeza de hacerlo sin ti.

—Pensé que habías dicho que estabas entusiasmada.

—Quería darle algo de romanticismo.

—Eso es imposible mientras se sostienen tenedores de plástico en la cafetería de un antiguo hospital militar.

Sarah sonrió satisfecha, como siempre que lograba salirse con la suya, y le señaló con el mencionado tenedor de plástico.

—Explícame quién es esa chica en la que estás pensando.

—No me apetece hablar de esto con mi exnovia. —Le devolvió la sonrisa justo antes de embarcarse en un pequeño discurso improvisado sobre paraguas azules bajo la nieve de Hyde Park y los curiosos habitantes de cierta librería en el Temple.

11

Era una noche sin luna. El cielo londinense, excepcionalmente sin nubes, lucía suntuoso y estrellado. Al señor Livingstone le hubiese gustado recrearse en el recuerdo de otras veladas similares, cuando Sioban y él celebraban un picnic de medianoche bajo la gran claraboya piramidal de Moonlight Books. Brindaban con Moët & Chandon, se leían el uno al otro pasajes de sus libros preferidos, filosofaban sobre la vida estelar del universo y se lamentaban del cansancio que les impedía volver a aquella vida noctívaga de los veinte años. A veces, si la alineación de los astros era peculiar y la editora parecía embelesada con algún pasaje especialmente terrible de *Macbeth*, el señor Livingstone volvía a pedirle matrimonio.

—«Se ha derramado el vino de la vida y solo quedan posos para gloriarse en la bodega.»* Baja conmigo a las bodegas, cariño, e invitemos a una ronda en nuestra boda. Pues no hay mejor brindis en cualquier vida que aquel que celebrase la dicha de convertirme en tu esposo.

—No recuerdo ese pasaje.

—Cásate conmigo, bella editora.

Entonces Sioban inventaba excusas sobre la libertad, la independencia, el amor incondicional y el temor a convertirse en una lady Macbeth de pacotilla; pero, sobre todo, le contaba a Edward lo desgraciadas que parecían sus hermanas y amigas casadas.

—Sus cerebros se han trasmutado en los de sus abuelas, se lamentan constantemente sobre calzoncillos tirados por el cuarto de baño y han perdido casi todo su sentido del humor. Las recordaba mucho más divertidas cuando eran solteras, ahora cuesta un mundo hacerles sonreír si están sobrias.

—¿Y si les aconsejas acónito para envenenar el té de sus respectivos maridos?

—¿Por qué?

—Porque, a no ser que tengas la mala suerte de topar con un forense muy espabilado, es un veneno difícil de rastrear.

—No, te pregunto que por qué voy a aconsejarles semejante cosa.

* William Shakespeare, *Macbeth*, acto II, escena III.

—Para devolverles un poquito de humor... negro. Como en esa novela tan deliciosa de Jean Teulé, *La tienda de los suicidas*.

—No me escuchas, Edward. Te he dicho que han perdido cualquier sentido del humor. Blanco, negro o verde.

—Te garantizo que a nosotros no nos ocurriría eso, amor mío. Seguiríamos siendo literariamente felices, subiendo aquí las noches sin luna, tomando el té sin acónito (a menos que sufriésemos una epidemia de hombres lobo) y concediéndoles a los franceses una sola excepción a su desdeñosa cultura.

—¿*Los miserables*?

—El champán.

Pero esa noche, la ley se interponía entre sus recuerdos bajo la cúpula estrellada y su nostalgia desencadenada de librero exiliado del siglo XIX: la señora Twist le estaba dando la murga. Edward sabía que, en el segundo piso, Oliver seguía —pegado a su telescopio— la conversación de su madre en la planta baja.

—Usted no va a quedarse —afirmaba más que preguntaba la temible abogada rubia.

—Ya casi ni estoy aquí —murmuró paciente Edward, súbitamente interesado en las dos adolescentes con pinta de estudiantes de vacaciones que cuchicheaban junto a los libros de Virginia Woolf.

—Pero Oliver me ha dicho que no estará solo.

—Ahí suelen acompañarle otros enamorados de las estrellas, como Herschel o Lord Rosse, ¿sabía que fueron los pioneros en la fabricación de telescopios?

—No sabía que tenía tantos amigos.

El librero miró ceñudo a su interlocutora pero prefirió no sacarla del error. La señora Twist no solo había contribuido a privar a su hijo de disfrutar de Dickens en el futuro —un atentado literario y patriótico—, sino que además se había desentendido de su inexistente vida social infantil. Estuvo tentado de preguntarle a cuántas fiestas de cumpleaños le habían invitado durante ese curso escolar pero, como la crueldad no era uno de sus defectos, prefirió guardar silencio al respecto.

—No irá a dejar a un montón de críos solos, durante toda la noche, en una librería.

—¿Preferiría dejarlos en un hospicio?

—No se ponga sarcástico conmigo.

Edward respiró hondo y buscó en su interior más escondido las últimas onzas de paciencia que le quedaban.

—Como Oliver le habrá contado —le dijo—, se quedarán con él, durante toda la noche, dos dignas representantes de la raza adulta. Pero si desea acompañarlas...

—No será necesario —se apresuró a interrumpir la señora Twist—. Clara pasará a por él mañana, antes de las diez.

Se había convertido en una costumbre el que se marchase sin despedirse.

—Nos llevaremos este —anunciaron las jóvenes lectoras tras depositar sobre el mostrador *Una habitación con vistas*, de E. M. Forster.

El señor Livingstone las miró muy serio por encima de sus gafas.

—¿Ha perdido la otra habitación? —dijo, señalando hacia el estante que contenía las obras de Virginia Woolf—. ¿*Una habitación con vistas* en lugar de *Una habitación propia*?

Las chicas se miraron entre ellas y la que no enrojeció hasta las raíces de su pelo claro miró al señor Livingstone señalando acusadora a su tímida compañera.

—Quiere ser escritora y estoy intentando quitarle esa idea de la cabeza. En la sinopsis del libro de Forster dice que la protagonista encuentra el valor necesario para cambiar su vida.

—Para ser escritora también hace falta ser muy valiente —se defendió su amiga con una vocecita apenas audible.

El señor Livingstone echó un vistazo hacia el rincón de la lamparilla azul para cerciorarse de que su escritor residente ya había dado por concluida la jornada.

—Hace falta valor... y una habitación propia —apuntó—. Aunque algunas librerías ganan en misterio si añaden unas cuantas mesas de antinovedades, sillones acogedores, señal wifi y su propio escritor errante.

—Los escritores son pobres. Yo voy a ser dentista.

—Extraña elección —observó Edward muy serio—. Aunque es una profesión que deja a la gente con la boca abierta.

—También un gran libro —se defendió la amiga tímida.

—Como *Los miserables* —apuntó el señor Livingstone con la nostalgia todavía rondándole por la cabeza.

—¡Ja! *Los miserables*. Seguro que va de escritores.

—No haga caso a mi amiga —dijo la chica tímida.

—Como no hagan la película, seguro que no ganas ni doscientas libras —se defendió la aludida.

Quizás porque el señor Livingstone hubiese detestado la visita del fantasma de las Navidades pasadas o quizás porque las noches sin luna le volvían generoso por los buenos recuerdos, fue en busca del libro de Virginia Woolf y lo puso sobre el mostrador.

—Oferta de Santa Claus —les dijo—, dos libros al precio de uno.

—Oh, muchísimas gracias. —Sonrieron las chicas al unísono.

—Con una condición —advirtió él—, intercambiaos las lecturas y leed ambos libros.

—Trato hecho.

—«El hallazgo afortunado de un buen libro puede cambiar el destino de un alma» —citó el librero a Marcel Prévost casi para el cuello de su camisa—. Y, por todos los dioses —añadió en voz alta al despedirse de sus jóvenes clientas—,

¡que no se enteren vuestros padres de que queréis ser escritoras! Menuda deshonra para vuestras familias.

Entró un momento en la trastienda y cuando volvió a la librería se encontró con Oliver en mitad de las escaleras. Cogido por sorpresa, el niño se apresuró a esconder a su espalda lo que fuese que llevara en las pequeñas manos. Sus intentos de poner cara inocente casi hicieron atragantar de la risa al señor Livingstone.

—¿Oliver? —interrogó el librero.

—Estaba buscando a Agnes para enseñarle una cosa.

—Ha salido a cenar pero volverá pronto. ¿Qué querías enseñarle?

—Nada —aseguró el niño, subiendo el último tramo de escaleras a toda prisa.

Al señor Livingstone le pareció que todavía era capaz de entender algunas cosas sobre la vanidad del mundo y la naturaleza humana.

Cuando Agnes llegó al Darkness & Shadow, Jasmine ya estaba repasando el menú en la mesa acostumbrada, junto a la chimenea. El señor Livingstone le había sugerido salir antes de la hora de cierre para que tuviese tiempo de recoger sus cosas y cenar algo.

—Volveré para dormir —le había confirmado ella.

—No sabía que fuese tan optimista.

—Pensaba que se trataba de eso, de dormir bajo las estrellas.

—Si consigue que Oliver deje de hablar sobre ellas.

—Solo tiene ocho años, en algún momento se cansará.

—Twist está enamorado del universo. Para los que aman el tiempo es eternidad, ya lo decía Shakespeare.

Se detuvo un momento junto a la barra, para desembarazarse del abrigo, el gorro, los guantes y la bufanda de Gryffindor que le había regalado Oliver —porque su impaciencia le impedía esperar hasta el día 25— y se quedó de piedra cuando volvió a mirar en dirección a su amiga: R. Cadwallader se erguía en toda su pelirroja magnificencia junto a la mesa de Jasmine, parecían estar charlando muy a gusto. Si no supiera que era poco probable, hubiese jurado ver sonreír al enorme cocinero galés en la penumbra de las llamas danzantes de la chimenea.

—¿Qué está pasando ahí? —le preguntó Agnes a Solomon Drake, que acababa de aparecer tras la barra con una botella de ron en la mano y dos vasos en la otra.

—Yo no pienso ir a preguntar —le aseguró el propietario del Darkness & Shadow.

Agnes se fijó en el tatuaje que asomaba por la parte posterior del cuello de Cadwallader y tuvo una visión del cocinero en la batalla de Catraeth, blandiendo la espada más grande del local, la que estaba colgada en la pared norte, sobre el retrato de las esposas y los hijos pequeños de los mineros tomando el sol a la puerta de sus casas. La risa cantarina de Jasmine la sacó de su ensoñación histórica.

—Llevan así toda la semana —le dijo Michael uniéndose a su padre tras la barra.

—¿Jasmine ha venido todos los días?

—Sí. Todos y cada uno de los días de la semana.

—No sabía que ese hombre pudiese sonreír.

—O entablar una conversación que incluyese algo más que monosílabos.

Agnes esperó a que el enorme galés volviese a sus dominios en la cocina y se apresuró a sentarse con Jasmine.

—Te he visto —le advirtió—. Parecíais muy acaramelados.

No se le escapó el brillo en los ojos de su amiga cuando hundió una sonrisa traicionera en su pinta de cerveza negra.

—¿Tú y R. Cadwallader? —se escandalizó Agnes.

Jasmine soltó una risita victoriana, que sonó como «jijiji-jijiji», en fabuloso contraste con su poco delicada constitución y su menos pudoroso carácter.

—Pero ¡si no hace ni una semana que os conocéis!

—Como si el amor tuviese algo que ver con el tiempo.

—¡Amor! Has dicho «amor».

—No sé cómo será en tu casa, arqueóloga, pero en la tierra de Shakespeare estar enamorado es algo que solo admite términos absolutos: lo estás o no lo estás. No puedes estar un poco embarazada como no puedes estar un poco enamorada.

Agnes la contempló con genuina admiración.

—¿Y de qué es la R?

—No me he atrevido a preguntarle.

Jasmine había tenido unos cuantos novios y dos relaciones largas, pero ninguno de ellos había dejado rastro alguno de su paso por la casa de Kensington, como si no hubiesen sido capaces de traspasar ese umbral de intimidad con su propietaria. Cuando Agnes le había preguntado al respecto, la camarera se había limitado a encogerse de hombros con filosofía.

—La convivencia debe llegar con naturalidad —le había contado—, sin esfuerzos por ninguna de las partes. Quizás por eso estoy pensando en comprarme un gato.

Michael se acercó a la mesa, les tomó nota de la cena y se marchó raudo y veloz de vuelta a su barra.

—¿Qué vas a hacer el día de Navidad? —preguntó Jasmine.

—Leer.

—Muy buen plan. Mi abuela quiere que vengas a leer a Surrey unos cuantos días.

—¿Y tú?

—A mí me parece un plan deleznable, ya te puedes imaginar. —Sonrió—. Mi abuela y la tía Prudence viven juntas en una casita en plena campiña, entregadas a sus tres pasiones: el bridge, la búsqueda de peregrinas excusas para despedir al jardinero que cuida de su pequeño cottage y los sombreros estrambóticos. Hasta la fecha han coleccionado unos veintidós.

—¿Sombreros?

—Jardineros.

—No sé —dudó Agnes—, no quiero ser una intrusa.

—Eso solo ocurre con la familia de sangre, nunca con la adoptiva. No quiero que estés sola, me apetece mucho que vengas y mi abuela está deseando conocerte. Además, así me pondrás las cosas más fáciles con Cadwallader.

—¿También irá a Surrey?

Su amiga asintió con la cabeza. Le explicó que el cocinero pasaría Año Nuevo con su familia en Gales, pero que no había hecho planes para Navidad porque trabajaría casi todos los días de esa semana. Habían estado hablando sobre las tradiciones de esas fechas y la nostalgia de estar lejos de la gente que te importa durante las fiestas. Jasmine no había podido resistir la tentación de invitarle a la comida de Navidad de su abuela y su tía, y Cadwallader había aceptado.

—Había pensado que podríais venir juntos en el tren de las doce y treinta.

—Por suerte iré cargada de libros, así no se verá obligado a conversar conmigo —bromeó Agnes.

—No exageres. Es un poco tímido pero cuando está a gusto es un placer charlar con él. Y además tiene una voz muy bonita. —Hizo una pequeña pausa, miró a su interlocutora con cariño y alzó su cerveza para proponer un brindis—. Por los comienzos.

—Por los veintidós jardineros —respondió Agnes.

Las chicas llegaron a Moonlight Books un poco después de la hora del cierre cargadas con sus sacos de dormir, almohadas, pijamas y un pequeño kit de supervivencia consistente en galletas, bizcocho de mantequilla y un enorme termo de chocolate caliente. El señor Livingstone, que las esperaba con las llaves en la mano, estuvo a punto de ceder a la tentación de quedarse a acompañarlas cuando le informaron sobre el festín. Aunque no lo hubiese confesado ni bajo la amenaza de ser torturado con la lectura en voz alta de todas las obras de Henry James, le alegraba el corazón ver su librería llena de sacos de dormir y alegres exploradores. Su ayudante le presentó a Jasmine, quien se ganó el corazón del señor Livingstone en cuanto expresó admiración por su reloj de bolsillo.

Edward aleccionó a Agnes sobre el correcto funcionamiento de las cerraduras, la alarma y el mecanismo de la persiana —tres cosas que debían ser aseguradas en cuanto él traspasase la puerta— y les deseó a todos buenas y estrelladas noches.

—Ah, y mantenga a Oliver alejado de las obras de Aristóteles —advirtió en el último momento.

—¿Cree que es demasiado pequeño para entenderlas?

—Creo que el estante necesita un repasito. Podrían caerse y no quiero que lo hagan sobre su rubia cabeza.

Agnes puso los ojos en blanco y acompañó al señor Livingstone hasta la puerta.

—Si necesita algo... —insistió el librero.

—No se preocupe, tengo su teléfono.

—Iba a sugerirle que llamase a Scotland Yard.

—Ja, ja. Muy gracioso, señor Livingstone.

—Me han dicho que envían a unos agentes muy atentos. Incluyen servicio de té en el Jubilee.

—Pensé que no le gustaban los agentes de Scotland Yard.

—Ganan bastante sin el chaleco antibalas.

Edward le guiñó un ojo a su ayudante, saludó a Jasmine agitando una mano sobre su cabeza y al fin salió de la librería.

—Buenas noches, buenas noches. «La despedida es un dolor tan dulce que estaría diciendo buenas noches hasta el amanecer»* —le oyeron recitar desde la calle.

—¿De qué iba eso del servicio de té y los agentes de Scotland Yard? —se interesó Jasmine.

—John Lockwood me invitó al Jubilee el otro día.

—¿Y no me habías dicho nada?

—Tú tampoco me has contado lo de Cadwallader.

—Sí que lo he hecho.

—Hace media hora y porque os he pillado haciendo manitas junto a la chimenea.

La cabeza de Oliver asomó en lo alto de las escaleras con cierta timidez.

—Ven, voy a presentarte a nuestro astrónomo —decidió Agnes— y luego bajamos a ponernos el pijama.

* William Shakespeare, *Romeo y Julieta*, acto II, escena II.

—Y me cuentas lo de Lockwood.

—Y te lo cuento —concedió con una sonrisa.

Agnes había preferido no compartir con nadie la mañana en la que había paseado del brazo de John bajo la nieve para acabar tomando el té en Piccadilly. Se había sentido tan a gusto al amparo de aquel paraguas azul mientras Londres se cubría de blanco que todavía le costaba hacerse a la idea de que no había sido un sueño. John y ella habían detenido el mundo. Habían creado un paréntesis de excepción y silencio, y se habían acomodado allí durante un instante perfecto. No había palabras lo suficientemente precisas para explicarle a Jasmine, o a ninguna otra persona, todo lo que había sentido entonces; lo mucho que les había costado separarse a la puerta de Fortnum & Mason; la indecisión de ella al ofrecerle la mano, el olor de su loción para después del afeitado al corresponderle él con un beso en la mejilla; el viento alborotando sus cabellos, el paraguas abierto y olvidado a un costado, el tiempo congelándose en ese preciso momento; tan juntos, tan solos, tan lejos del estruendo del tráfico enloquecido, bajo los blanquísimos copos danzantes.

Aunque utilizó frases sencillas, cuidadosamente escogidas para disimular cualquier sentimentalismo, Jasmine supo leer entre líneas que su amiga intentaba hablarle de un principio. El principio frágil y maravilloso de todas las historias de amor del universo.

—¿Vais a volver a veros?

—Quizás.

—Claro que vais a volver a veros.

—¿Eres adivina?

—Soy muchas cosas, al igual que tú, al igual que John, al igual que tú y John sois muchas más cosas cuando estáis juntos que por separado. Pensaba que ya habíamos tenido esta conversación. —Sonrió Jasmine—. Puede que no sea muy sabia, pero todavía sé reconocer cuándo alguien está colado por una aprendiz de librera.

Elegantes en sus respectivos pijamas rosas y blancos, acudieron al encuentro de su pequeño caballero. Jasmine resbalaba con sus gruesos calcetines, poco acostumbrada a la madera amable de la librería. Agnes se sentía en casa. El genio del telescopio las esperaba impaciente, calzado con unas seriosísimas pantuflas grises y negras, a juego con su pijama de Batman. Prepararon los sacos de dormir y las almohadas bajo la claraboya de Moonlight Books, apagaron todas las luces de la librería e hicieron turnos para mirar por el telescopio.

Oliver les señalaba alguna estrella, una constelación, les contaba datos sobre la densidad de Saturno o las lunas de Júpiter. Les explicó que, en diciembre, Orión y Taurus eran más fáciles de localizar. A Jasmine le gustaban las estrellas fugaces y hacía preguntas sobre los agujeros negros o los meteoritos. Twist contestaba con entusiasmo, complacido por la atenta compañía, consultaba en su tableta y se deleitaba con los datos curiosos que recordaba Agnes sobre los dioses griegos y sus relaciones celestes.

Había algo mágico en compartir un gran pedazo de bizcocho de mantequilla y una taza de chocolate bajo la clarividente claraboya; en sentarse en el suelo de madera, noctámbulos sobre los sacos de dormir, y escuchar el silencio de los centenares de libros alrededor; en imaginar que la eternidad era justo eso, la compañía callada de la literatura en una librería cerrada, la expectación infinita de esos volúmenes silentes bajo la noche estrellada. Risas por la nariz manchada de chocolate, añoranza infantil y la sensación de estar rozando con la punta de los dedos la felicidad más absoluta. Un momento tan perfecto como la constelación de Casiopea a través del telescopio de Oliver Twist. Una noche mágica.

Cansados, arropados por la camaradería y la certeza de que no eran más que diminutos puntos vestidos con pijamas rosas, blancos y de Batman en la inmensidad del espacio sideral, se metieron en sus respectivos sacos de dormir y, con la mirada perdida en el cielo nocturno, esta vez sin ningún telescopio de por medio, sintieron la agradable caricia del sueño.

—Agnes —sonó la vocecita de Oliver Twist en la quietud de la oscuridad—, ¿te acuerdas del beso escondido de la señora Darling?

—Claro. —Le aclaró a Jasmine—: Peter Pan.

—A mí Venus siempre me ha parecido así, como el hoyuelo que Wendy ve como una promesa. Porque parece que esté cerca, pero nunca se puede alcanzar.

—El beso escondido. —Sonrió Agnes.

—Quizás algún día podamos visitarlo —dijo Jasmine.

—Preferiría que no —les aclaró Twist—. Perdería todo el misterio. Como cuando el tataratataratatarabuelo del señor Livingstone cartografió el Kalahari, recorrió el Zambeze y llamó a sus cataratas como la reina Victoria. Después ya no quedó nada que explorar o investigar.

Agnes estuvo de acuerdo con el razonamiento del futuro astronauta:

—Solo el enorme e ignoto espacio.

—Siempre he pensado que ya no quedan vidas como la de los exploradores del siglo diecinueve —reflexionó Jasmine.

La arqueóloga asintió. Al cabo de un minuto preguntó en voz baja:

—Oliver, ¿sabías que la única guía de la que disponía David Livingstone para no perderse en el desierto del Kalahari era la observación del cielo? —El niño respondió que no—. Lord Rosse, uno de los más destacados astrónomos del siglo diecinueve, le enseñó a utilizar el telescopio y a cartografiar la tierra según la lectura de las estrellas. ¿Sabes quién era William Herschel?

—¿El astrónomo que descubrió Urano?

—Exacto. No solo era astrónomo, sino también músico e inventor. Ideó uno de los primeros telescopios. El conde de Rosse construyó los suyos siguiendo parte de las instrucciones de Herschel, aunque casi todos sus planos se habían perdido. Ese fue el telescopio que le enseñó a usar al tataratatara-tataranieto del señor Livingstone.

—Quizás por eso tiene una librería con observatorio incluido, por la genética —aventuró—. Me ha gustado mucho nuestra noche sin luna. —Bostezó el niño—. Tenemos que repetirla pronto.

—Duérmete, Oliver —susurró ella.

Se quedaron un rato más así, en silencio, acunadas por la respiración profunda y regular del pequeño astrónomo, observando las constelaciones.

—Ahora comprendo muchas cosas. Esta librería es asombrosa —susurró Jasmine.

—Como Oliver y el señor Livingstone. Como Sioban y Caldecott.

—Entendería que te quedases aquí para siempre.

—Siempre es mucho tiempo.

—¿Qué tiene que ver el tiempo con el amor? —le recordó su amiga—. Es imposible no enamorarse de esto. No sé cómo vas a despedirte el día en el que encuentres tu destino como arqueóloga.

Agnes guardó silencio. No le apetecía pensar en despedidas aquella noche. Vieron cruzar el cielo la misma estrella fugaz y Jasmine formuló en voz alta el deseo de conocer el verdadero nombre de Cadwallader. Se rieron bajito para no despertar a Oliver y las amigas hablaron sobre el amor y el inicio de sus historias.

—Tengo algunos amigos que están enamorados de la idea de enamorarse, pero que son incapaces de ir más allá de la teoría —reflexionó Jasmine en la oscuridad—. Otros no saben estar solos y se convencen a ellos mismos de que cada nueva pareja es la perfecta y definitiva. Pero yo creo que lo único perfecto es el principio de una historia de amor, el momento en que los dos os miráis a los ojos y comprendéis que la búsqueda ha llegado a su fin porque ya os habéis encontrado. El final de la espera, cuando todo se resuelve.

—Como diría el señor Livingstone, el viaje termina con el encuentro de los enamorados.

Jasmine guardó silencio, casi vencida por el cansancio del día y los buenos presagios de la noche. A Agnes le pareció que hablaba entre sueños cuando le oyó preguntar:

—¿De qué tienes miedo, Agnes? Todos los principios son hermosos.

Ella no contestó enseguida, temerosa de ponerle nombre a su inquietud, felizmente acurrucada en la calidez de su saco de dormir, entre Oliver y Jasmine. Sintió cómo la vieja madera de la librería crujía y se acomodaba para pasar la noche, las estanterías rebosantes de libros poniendo el telón de fondo a su fantástica aventura de exploradores espaciales. Tras una última mirada al hermoso cielo sin luna, cerró los ojos y suspiró.

—De que todo sea mentira —susurró con desconsuelo.

12

Era la noche antes de Navidad y, pese a que Moonlight Books lucía el cartel de CERRADO en su hermosa puerta de madera azul, dentro reinaba un alegre ambiente de expectación. Todos se habían vestido con sus mejores galas para asistir a la entrega de premios librescos del año en Leadenhall Market. Sioban servía burbujeantes copas de champán mientras esperaban el coche que les llevaría hasta allí. La editora iba ataviada con un elegante vestido de seda en color burdeos que hacía juego con el pañuelo del señor Livingstone. Agnes había elegido un larguísimo vestido negro de escote cruzado y llevaba el pelo recogido en un voluminoso moño que había recibido la admiración de Charlie Caldecott.

—¡Me recuerda usted a Audrey Hepburn en *Charada*! —había exclamado el sastre con sus ojillos brillantes.

Edward, que parecía algo incómodo en su mejor traje gris de tres piezas y consultaba a menudo su reloj de bolsillo, mostró su desacuerdo.

—Agnes no tiene el pelo tan oscuro.

Mr. Magoo no se dio por aludido.

—Qué poco cinéfilo eres. Es el espíritu, Edward, el espíritu. No le haga caso, señorita, está celoso porque él no se parece a Cary Grant.

Lo gracioso del asunto era que el señor Livingstone sí que tenía un aire a lo Cary Grant en el que Agnes no había reparado hasta que la miopía de Caldecott se lo había hecho notar.

—Dejadle, está nervioso por la nominación al Premio Scrooge —intervino Sioban con la risa bailándole en la comisura de los labios.

—Paparruchas —pronunció estupendo el señor Livingstone—, se lo darán a Sebastien, como cada año.

—¿Quién es ese? —se interesó Agnes.

—Un librero ignorante que se hace pasar por malhumorado cada vez que un cliente le hace una pregunta que no sabe responder.

—¡Edward! —le regañó Sioban.

—Es cierto. Disimula su ignorancia con malas caras y no tiene ningún estilo.

—No sabía que existían distintos estilos de estar enfurruñado —confesó Caldecott a Agnes en voz baja.

Si eso era cierto, el señor Livingstone hacía gala de uno peculiar y extraordinario mientras sostenía en una mano su pipa apagada y en la otra, su reloj de bolsillo. Con el chaleco, el reloj y sus gafas sin montura, se sintió un poquito como el Conejo Blanco de *Alicia en el País de las Maravillas*.

—En su caso, ganar el Scrooge solo es evidencia de su vasto desconocimiento literario. Tiene gracia que le premien en un certamen precisamente literario.

—Es una velada sobre el mercado del libro, no sobre literatura —le corrigió la editora.

—Sebastien no distinguiría entre ambos ni aunque le diesen en la cara con una de las estanterías de la Bodleian.

—¿Dónde es la entrega de premios? —preguntó Agnes, rechazando otra copa de burbujas para no acabar pareciendo una Audrey Hepburn demasiado achispada.

—En el Leadenhall Market.

—¡Qué enfermedad, la época victoriana!

—Edward cree que fue un período particularmente desafortunado para la arquitectura.

—Excepto Saint Pancras —corearon a la vez el señor Livingstone y la arqueóloga.

Se miraron con respetuoso afecto. Ambos recordaban la primera visita de Agnes a la librería: venía de tomar el té en Saint Pancras y había sido su admiración por el empeño de John Betjeman la que había desencadenado el misterioso mecanismo que había llevado a Edward a ofrecerle trabajo en

Moonlight Books. Aunque apenas había transcurrido un par de meses desde entonces, a los dos les parecía que se conocían desde hacía mucho más. Edward se había acostumbrado a pasar algunas tardes haciendo recados o de ruta librera, dejando la tienda a cargo de su ayudante; compartía el té de las cinco con ella y con Oliver, comentaban algunas lecturas y se marchaba rumbo a alguna de sus librerías preferidas, como Hatchards, en St. James, o The London Review Bookshop, en Bury Place.

—Tiene que venir un día conmigo a Heywood Hill —le prometía a Agnes siempre que se acordaba, justo antes de salir de la tienda hacia sus librerías de cabecera—. Nancy Mitford trabajó allí de dependienta durante la Segunda Guerra Mundial por tres libras a la semana.

—¿Y a Notting Hill? —le tanteaba ella.

El señor Livingstone gruñía indignado:

—Era una buena librería hasta que filmaron aquella película y se llenó de turistas. ¿Sabías que Jane Austen, lord Byron y Oscar Wilde, entre otros, eran clientes asiduos de Hatchards? Una tarde cerraremos Moonlight Books y le ilustraré sobre la ruta librera londinense con más empaque de Albión.

—¿Va a cerrar la librería? —se alarmaba Oliver cuando les escuchaba conversar sobre sus expediciones.

—Lo siento mucho, tendrás que ir a divertirte al planetario.

—No me dejan entrar solo.

—Una tremenda, aunque nada sorprendente, falta de sentido común por su parte. Pero es necesario que esta dama conozca las librerías adecuadas para una aprendiz del gremio.

—Yo también iré. No quiero ser librero pero sí que soy lector.

—Ah, sabio Twist —pronunciaba soñador el señor Livingstone como un Laurence Olivier interpretando a Hamlet sobre el escenario—, «para soñar no es necesario cerrar los ojos, nos basta con leer».*

Agnes se había acostumbrado a sus inesperadas charlas sobre literatura de siglos pasados, anécdotas de escritores y recomendaciones de títulos que a su vez llevaban a nuevas lecturas recomendadas, como una red infinita y preciosa de maravillas para ella aún inexploradas. Antes de conocer al señor Livingstone sus encuentros con la novela de ficción habían sido escasos. Leía, sobre todo, ensayo científico arqueológico, histórico o antropológico y no tenía tiempo para la imaginación ni la poesía. En Moonlight Books había tenido la oportunidad de sumergirse en los versos de Wordsworth, Shelley, Milton, Keats... Siempre con los buenos consejos de Edward, sus pistas, su guía para encontrar la ruta y no perderse a la deriva de lo desconocido.

Pero sobre todo se había adaptado bien a la agradable ru-

* Michel Foucault.

tina de comer con Jasmine —en casa, en Saint Pancras o en el Darkness & Shadow, dependiendo de los horarios de su amiga y de las sobras de Fortnum & Mason—, y cruzar después por los jardines atemporales del Temple hasta la librería, con la gratificante promesa de los que tienen un buen lugar hacia el que encaminar sus pasos. Los clientes habituales del señor Livingstone, el té de la tarde con Oliver, las lecturas en el rincón de los románticos, la callada presencia del escritor residente bajo la lamparilla azul, las frecuentes visitas de Sioban... Todo formaba parte ahora de su pequeña vida londinense, diminutos gestos y rutinas cotidianas que contribuían a una felicidad discreta, casi advenediza por inesperada. También John Lockwood había entrado en ese inicio de nueva vida en el mismísimo momento en el que traspasó la puerta de Moonlight Books.

Charlie Caldecott, cansado de las quejas de su anfitrión por el victorianismo del que parecían haber caído presos todos los lectores de la ciudad —por culpa de una complicada teoría de la conspiración que incluía la lectura de autores franceses—, sacó a Agnes de sus pensamientos:

—¿Hubieses preferido el Royal Albert Hall?

—Voy a ahorraros mi opinión al respecto —gruñó el librero.

—¿Has estado en el Leadenhall? —le preguntó Sioban a Agnes. La chica negó con la cabeza—. Te encantará. Y a Oliver también. Allí se rodaron algunas escenas del Callejón Diagon de Harry Potter. Estaremos de vuelta a las siete.

Desde la calle, una voluminosa figura intentó abrir la puerta de la librería sin éxito y se conformó con dar golpecitos en el cristal hasta que alguien acudiese en su rescate. Los inconfundibles rizos violetas de la señora Dresden no dejaban lugar a dudas de la identidad del intempestivo visitante.

—Rápido, apaguemos las luces —sugirió Caldecott.

—No todos son tan cegatos como tú, mi buen amigo —dijo el señor Livingstone mientras acudía a abrir—. Señora Dresden, la librería está cerrada, como bien muestra el cartelito de la puerta, y nosotros estamos a punto de salir.

—Es una emergencia.

—Lo mismo le dije a Patrick Rothfuss cuando terminé *El temor de un hombre sabio* y le solicité el siguiente volumen de la saga de Kvothe. Ya ve el caso que me ha hecho.

—Esto es distinto. He terminado de leer *Una temporada para silbar*. —Suspiró la buena señora—. Me siento huérfana y es Navidad.

El señor Livingstone la contempló con inevitable cariño, reparó en su abrigo de pieles sintéticas, sus pantuflas de felpa y los espantosos calcetines de pollitos voladores que asomaban por encima, y sintió cómo el terrible espíritu de las Navidades futuras le señalaba con el dedo.

—Está bien. Espere aquí un momento.

—¿Un poquito de champán, señora Dresden? —le ofreció Sioban para amenizarle la espera.

—Sí, gracias. Ya sabe cómo son de angustiantes estas emergencias de los lectores.

—Claro, tengo una editorial.

—El otro día estuve charlando con un editor.

—¿Conocido?

—Jamás hubiese hablado con él si no nos hubiesen presentado antes —se sorprendió la señora—. Me confesó que estaba a punto de sacar a las librerías una novela tan aburrida que a todo el que la leyese le entrarían ganas de suicidarse.

—¿Y por qué la quería publicar?

—Es ecologista.

No era quizás la mejor noche para improvisar una lectura de salvamento para una de sus clientas más peculiares —el señor Livingstone jamás utilizaba la palabra «entrañable»—, pero la librería estaría unos días cerrada y a Edward le disgustaba su falta de previsión. Debería haber dejado a la señora bien provista de lectura para las fiestas, pero había tenido la cabeza en las nubes por culpa de la nueva edición ilustrada de *La leyenda de Sleepy Hollow*. Estaba riéndose de su propia ocurrencia, por lo de «cabeza en las nubes» y *Sleepy Hollow*, cuando Oliver Twist interrumpió su ingenioso pensamiento:

—Señor Livingstone.

El niño llevaba un esmoquin hecho a medida y se había peinado, quizás con un exceso de entusiasmo y de gomina, sus rubios cabellos. Había llegado a la librería media hora antes acompañado por Clara, la asistente de su madre, vestido con sus habituales vaqueros y sudadera de *The Big Bang Theory*, pero se había cambiado en el piso de arriba.

—¿Qué llevas puesto? Pareces Bibundé, el pingüino ese que tanto te gusta de Michel Gay.

—Tengo que confesarle algo.

Edward se quitó las gafas y miró al pequeño pingüino con los ojos súbitamente desbordados por la ternura. Oliver hizo un puchero, le tendió un paquete cuidadosamente envuelto en papel de seda y se echó a llorar con desconsuelo.

—Perdóneme, señor Livingstone.

Edward cogió el paquete que le ofrecía el niño e hizo algo que más tarde achacaría a un grave problema de concentración: recibió al pequeño entre sus brazos y lo estrechó con ternura.

—Mi querido Twist —pronunció el librero con la voz rota por la falta de costumbre—, no hay nada que perdonar.

—Quería devolverlo —sollozó Oliver— pero siempre hay un montón de gente entrando y saliendo de la librería. Y la noche que me quedé con Agnes y Jasmine se me olvidó.

—Ah, esas constelaciones. Tienes la cabeza en el espacio, Twist.

El señor Livingstone se separó del niño y le ofreció su bonito pañuelo color burdeos. Sioban entendería su pérdida cuando le explicase los nobles motivos de su sacrificio. Mientras le daba un momento al chiquillo para que se recuperase, desenvolvió el papel de seda y confirmó que se trataba del diario de su antepasado: *Observaciones cartográficas, zoológicas, botánicas y geológicas del sur de África (1849-1851)*.

—No parece muy sorprendido —observó Oliver mientras se sonaba la nariz.

—Sospechaba que habías sido tú. Eres la única persona que conozco capaz de perpetrar un robo perfecto. La cerradura de la vitrina estaba impecable, sin un solo arañazo.

—Encontré en YouTube un tutorial para abrirla con un par de clips metálicos.

—Quién quiere a Sherlock Holmes teniendo YouTube —reflexionó Edward.

—¿Cree que soy un delincuente?

—Creo que tienes un cerebro extraordinario y espero que lo utilices para hacer el bien. Lo que descarta que sigas los pasos profesionales de tu madre, me temo.

—Solo quería leerlo.

—Lo sé.

—Esa vitrina estaba demasiado alta, no alcanzaba a verlo. Tuve que subirme a su mesa de libros ilustrados para forzar la cerradura. Pero no pisé ninguno de los ejemplares —se apresuró a añadir cuando percibió el sobresalto de su interlocutor.

—¿Por qué no me lo pediste?

—Lo hice. Me dijo que no era un libro para niños.

—Pero eso fue hace mucho tiempo, cuando todavía no te conocía bien.

—Usted no quería que me quedase en su librería.

—Pero nada es inmutable, ¿no es cierto?

El niño le miró con esperanza.

—Si vas a preguntarme... —dijo el señor Livingstone—. Cualquiera que te conozca y te aprecie, mi buen Twist, desearía para ti algo mejor que estas cuatro paredes y la única compañía de libros y adultos.

—Me gustan los libros.

—Sí, son preferibles a los adultos.

—No todos los adultos están tan mal. Agnes...

—Agnes no cuenta, es un hada. ¿No te has dado cuenta de cómo lee *Peter Pan*?

El cerebro científico de Oliver se rebelaba contra esa fantástica idea, pero pensó que no le convenía contradecir al propietario del objeto que había mantenido secuestrado sin su permiso durante casi dos semanas. Se sentía más culpable incluso que cuando olvidó devolver en la biblioteca *Viaje al centro de la Tierra*, de Julio Verne, y lo tuvo ocho días y siete horas ilegalmente en su poder.

—Te propongo un pacto —se inspiró de súbito el librero—. Olvidamos este asunto del diario y tú te comprometes a traer a algún compañero de clase a la librería de vez en cuando.

—Nadie va a querer venir conmigo.

—¿Tú has visto esto, Oliver? Una cúpula piramidal transparente (que ya quisiera el Louvre), un telescopio, un montón de novelas gráficas allí abajo, té y bizcochos para merendar, un hada descalza que lee extraordinariamente bien los libros de aventuras... Si dedicaras una décima parte de tus células grises a pensar en cómo hacer amigos en lugar de a los anillos de Saturno...

Desde abajo, la cristalina voz de Sioban llegó con claridad:

—¡Oliver! ¡Edward! Bajad inmediatamente o nos vamos sin vosotros. El coche está esperando.

El señor Livingstone le ofreció la mano derecha al pequeño pingüino y este se apresuró a estrechársela.

—¿Qué te ha parecido el diario?

—Es fabuloso, excepto por las partes religiosas. David se pone un poco pesado cuando intenta convencer a los bakuena de que sus danzas y cánticos para pedir la lluvia a los dioses no sirven de nada.

—Supongo —estuvo de acuerdo el Livingstone del siglo XXI— que para un escocés esas danzas no tenían demasiado sentido.

Edward le prometió que seguirían comentando el diario, le indicó que fuese a tranquilizar a Sioban y se apresuró a coger un par de libros para la señora Dresden. Cuando bajó a la planta principal, todos habían salido excepto ella.

—Tenga —le ofreció con su mejor sonrisa—, este es mi regalo navideño. Un pequeño presente para agradecerle todos estos años de lealtad. No sé qué haría sin nuestras estrambóticas charlas.

La señora Dresden tomó con cariño los libros de las manos de su librero de cabecera y leyó las portadas en voz alta.

—*Matemos al tío*, de Rohan O'Grady. *Los pequeños macabros*, de Edward Gorey. —Alzó la vista, emocionada, y miró al señor Livingstone con verdadero arrobo—. Gracias, parecen encantadores.

—Como usted, señora Dresden.

Al librero le pareció que la señora emitía un largo suspiro que sonaba como un «ohhhhh» muy sostenido y delicado. Apretó sus dos novelas contra el pecho, con mimo, y le miró con todas las luces de Navidad prendidas de sus ojos.

—Feliz Navidad, señor Livingstone.

—Feliz solsticio de invierno para usted también, mi querida señora.

Cerró la puerta tras ella, colocó con atento cuidado el diario de su antepasado de vuelta en la vitrina y apagó las luces de la tienda. Contempló su librería en penumbra y, si hubiese sido de la clase de personas que suspiran, hubiese suspirado de satisfacción. Todo volvía a estar en orden en el mundo.

Se apresuró a ponerse el abrigo, echar otra mirada a su reloj, salir a la calle y asegurar la persiana de la tienda. Sioban tocaba el claxon del coche alquilado con verdadero entusiasmo.

—¡De nada sirve correr! —le gritó el señor Livingstone de un humor inmejorable pese a su victoriano destino.

—¡Lo que conviene es partir a tiempo! —terminó Sioban la cita de La Fontaine. Su carcajada resonó alegre en las desiertas calles del Temple la noche antes de Navidad.

13

Leadenhall Market, en Gracechurch Street, inaugurado a mediados del siglo xvi, es uno de los mercados más antiguos de Londres. Sin embargo, debe su aspecto victoriano a las remodelaciones de siglos posteriores y a la actual profunda restauración —que respetó el estilo inglés del xix— de sus elementos decorativos y arquitectónicos. Su peculiar belleza reside en la capacidad de trasladar en el tiempo a sus visitantes en cuanto desembocan en sus galerías abovedadas y en el encanto mágico que desprenden sus vidrieras y molduras de madera pintada. Situado en la City, barrio habituado a las oficinas de acero y cristal, constituye un oasis extraño y maravilloso en plena arquitectura del siglo xxi.

Consideraciones victorianas aparte, al señor Livingstone le gustaba Leadenhall, sobre todo bajo la luz tamizada que se colaba por sus bóvedas acristaladas durante los atardeceres de otoño. Le parecía un lugar tan decadente y nostálgico, tan cargado de recuerdos y glorias de otros tiempos, que a menudo se sorprendía imaginando a Geralt de Rivia tomándose un té en alguno de sus pequeños cafés. En secreto se alegraba de que las películas de Harry Potter hubiesen contribuido a localizar el Caldero Chorreante y el Callejón Diagon en aquellas galerías comerciales. Un par de tardes al mes, si conseguía salir temprano de Moonlight Books, no era raro verle visitando con ensimismada curiosidad las librerías, papelerías y tiendas de regalos que poblaban el peculiar mercado.

En Nochebuena, la bellísima iluminación cenital de Leadenhall Market envolvía en calidez su particular atmósfera. La entrega de los Bookers Prizes del año tenía lugar en la plaza central del mercado, justo en la confluencia de sus cuatro galerías, frente a The Pen Shop. Los organizadores, optimistas, habían dispuesto en el espacio varias decenas de sillas plegables y una pequeña tarima; pero, pese a lo avanzado de la hora, apenas había público asistente. Solo Oliver y Agnes parecían sorprendidos por la escasa concurrencia.

—Este año hay muchísima gente —comentó el señor Livingstone cuando Oliver hizo la observación.

—Más que en los premios de críquet —comentó Caldecott con un guiño de sus diminutos ojillos.

Sioban, exultante y hermosa como una mañana de primavera, se movía por la plaza saludando a unos y a otros. Recibía las felicitaciones por su próxima edición de las cartas de Tolkien con un leve rubor en las mejillas y el temblor en los dedos de quien sabe que está a punto de asir con fuerza un sueño largamente anhelado. El señor Livingstone, quizás recabando méritos de última hora, procuraba no cruzar su mirada ceñuda con nadie y respondía con un gruñido a los saludos de sus compañeros del gremio.

Para un ser ajeno a semejante ceremonia, la entrega de los Bookers Prizes es difícil de comprender, un viejo rito londinense casi secreto para todos aquellos que no aman los libros y las librerías. La tradición de estos certámenes anuales había nacido durante la época de la Regencia, con motivo de la iniciativa del futuro rey George IV —por aquel entonces príncipe de Gales, regente de su padre enfermo, el rey George III— de incentivar la proliferación de imprentas y editoriales. En sus inicios no era más que una sencilla ceremonia en la que uno de los consejeros reales ofrecía un opíparo convite y entregaba algunas libras y galardones a personas acostumbradas a no tener mucho que llevarse a la boca por sus poco rentables ocupaciones profesionales. Con el transcurrir de los años, se había perdido al ministro de turno como oficiante, y todo rastro monárquico o gubernamental, para pasar a depender de la buena voluntad de la Asociación de Libreros y Editores de Londres. Durante la segunda mitad del siglo XIX había consistido en una especie de ayuda financiera disimulada a las prensas y editoriales que se mostraban simpáticas con el gobierno. En el siglo posterior, sobre todo durante los locos años veinte —el señor Livingstone sospechaba que la combinación de un exceso de champán y el charlestón había tenido mucho que ver con el cambio—, la ceremonia había ido derivando hacia su vertiente más burlesca. En la actualidad, esas reminiscencias satíricas habían quedado diluidas en el nostálgico y decadente recuerdo de un mundo que había vivido sus años de esplendor durante una época inexacta en los mapas temporales de la civilización británica.

Las categorías nominadas eran el Premio Sombrerero Loco al editor más excéntrico del año; el Premio Eärendil al catálogo editorial más élfico (Sioban creía firmemente que era un poético sinónimo de «catálogo menos vendible»); Premio Cumbres Borrascosas a la librería más romántica; y el Premio Scrooge al librero más gruñón del año, categoría en la que el señor Livingstone solía ser el eterno nominado y nunca ganador.

Excepto Edward, que les informó de que se trataba de un viejo periodista de programas culturales televisivos de los años ochenta, nadie más conocía al presentador de la ceremonia. Los ganadores de las ediciones anteriores eran los encargados de entregar los galardones de ese año. Agnes miraba distraída la extraña sucesión de personajes subiendo y bajando de la tarima cuando Oliver, que se sentaba a su lado, le susurró:

—Esto es muy aburrido. ¿Cuándo le toca al señor Livingstone?

—No puede tardar mucho. Sioban dijo que estaríamos a las siete en casa.

El niño consultó su reloj digital.

—Yo no creo que Edward sea gruñón —le confió a su amiga—, aunque se esfuerce mucho por parecerlo.

—Chist —le advirtió Agnes—, que no se entere. A él le gusta pensar que lo consigue.

—Y para terminar nuestra agradable velada —decía el presentador con una sonrisa cansada—, entrega el Premio Scrooge al librero más quisquilloso del año Diana Trewlany, ganadora de la edición anterior.

La señora Trewlany, con una expresión tan adorable que nadie hubiese sospechado de sus tendencias gruñonas, subió a la tarima y cogió el sobre que le tendía el presentador. Agnes miró al señor Livingstone, pero este parecía concentrado en la contemplación del artesonado victoriano de los techos del mercado. Sioban le cogía la mano y mantenía una ligera sonrisa en los labios.

—El Premio Scrooge al librero más malhumorado es para... ¡Edward Livingstone, de Moonlight Books! —exclamó con entusiasmo.

Todos los habituales de la librería se levantaron al unísono y estallaron en un entusiasta aplauso. Edward intentó poner cara de sorpresa —que pasó por una imitación bastante aceptable de una lechuza— y se dejó abrazar y besar (pese a su antológica misantropía) por sus seres queridos. Rodeado por la alegría de sus cuatro personas vivas favoritas en el mundo, pensó que el verdadero reconocimiento a su tarea librera no era recibir el Premio Scrooge, sino haber podido asistir esa noche a la ceremonia acompañado por ellas. Pese a que no era habitual en sus costumbres hacer una introspección vital, ni siquiera ahora que se terminaba el año, se dio cuenta de que sentía un cariño sincero e indispensable por sus amigos. Después se preguntó si se estaba haciendo demasiado viejo para seguir desencantado con el resto de la humanidad. Se levantó con cierta solemnidad, besó a Sioban y subió a la tarima para recibir la estatuilla de Ebenezer Scrooge de manos de la señora Trewlany.

Terminada la velada se despidieron de todos los asistentes, dejaron a Charlie Caldecott en Almack's, donde cada 24 de diciembre se reunía con su extensa familia para cenar, y llevaron a Oliver a su casa. La abogada Twist, magnífica en su papel de Milady de Winter tras las cortinas de su casa estilo Tudor, ni siquiera salió a desearles feliz Navidad.

—O «Navidad» —reflexionó el señor Livingstone en voz alta mientras el coche seguía su camino—. Sin el «feliz».

—¿Qué planes tienes para esta noche? —preguntó Sioban a Agnes para no dar alas a los delirios imaginativos de su librero.

—Ninguno. Mañana me marcho a Surrey para pasar unos días con Jasmine y su familia.

—¡Ah, la mítica campiña inglesa! Te parecerá estar dentro de uno de los libros de D. E. Stevenson.

—Entonces estaré muy a gusto.

—Es Nochebuena, ¿por qué no vienes con nosotros a cenar a casa de los Lockwood?

—Por supuesto que irá —intervino el flamante ganador del Premio Scrooge, incorporándose a la conversación—. Nadie debería estar solo esta noche.

—Ten cuidado, cariño, si alguien te escucha podrían revocar la decisión del jurado —le advirtió Sioban.

—Venga a cenar con nosotros, Agnes. A John le alegrará no tener que pasar la noche hablando con cuatro vejestorios sobre los cuentos de Chaucer.

—David, el marido de Anne, es médico y no creo que sea muy favorable a ese tema de conversación.

—¿Por qué no? En época de Chaucer la población a menudo se veía asolada por la peste.

Agnes asintió con la cabeza, el pulso súbitamente acelerado al darse cuenta de que iba a cenar con John. Desde que tomaran el té en el Jubilee, aquella mañana de intensas nevadas, no habían vuelto a verse. El señor Livingstone la mantenía al tanto de los avances de la investigación del diario desaparecido, pero habían sido nulos en los últimos días. Pensó en que el policía no tardaría en desvanecerse de sus vidas en cuanto cerrase una investigación que, a todas luces, no... no llevaba a ningún sitio.

Mientras el coche recorría las casi desiertas calles de Holborn hacia Bloomsbury —Sioban había dicho que los Lockwood vivían cerca del Museo Dickens—, arrullada por la conversación de sus acompañantes, Agnes invocó la mirada azul del inspector. Recordaba con un sentimiento de calidez las fuertes manos del policía sujetando el paraguas bajo la nieve, cogiéndola con suavidad del brazo, apartándole con delicadeza del rostro un mechón de cabello húmedo por los copos blancos. Porque temía comprobar que no había sido más que un espejismo, le asustaba volver a encontrarse con sus manos atentas, esa mirada llena de infinitas promesas, la voz profunda y sosegada de los hombres que saben expresar con justicia el pensamiento.

—El amor, como la tos, no puede disimularse —le había dicho una vez el señor Livingstone al hilo de una cita de Ovidio.

Agnes sospechaba que no era precisamente tos la promesa que había sido capaz de leer en los ojos de John Lockwood, en el roce de sus manos, durante la extraordinaria mañana de algodón blanco que habían compartido bajo los cielos cerrados de Londres.

Sioban despidió al chófer frente a la casa de los Lockwood, una bonita construcción de inspiración eduardiana de ladrillo visto y ventanas abovedadas enmarcadas en color crema. En cuanto llamó al timbre, Anne salió a recibirles con una cálida sonrisa. El señor Livingstone, que apretaba su estatuilla de Ebenezer Scrooge como si fuese el único asidero que le salvase de un precipicio, soportó en silencio el ritual de su anfitriona de estrechar a las visitas en un injustificado abrazo.

—Pasad, pasad —les invitó alegre como nunca habían sido las campanillas de la puerta de Moonlight Books—. ¡Qué noche tan fría! Agnes, estoy muy contenta de que te hayas animado a venir, Sioban me ha hablado mucho de ti.

Dejaron sus abrigos colgados en el perchero del vestíbulo y Sioban convenció a Edward de que su estatuilla podía quedarse completamente a salvo allí, en uno de sus bolsillos. A Agnes le divirtió la mirada anhelante que el librero le dedicó a su abrigo antes de abandonarlo y entrar en el comedor de los Lockwood.

—Creo que a John ya le conocéis todos. Este es mi marido, David —les presentó Anne a los recién llegados—. Y esta es Sarah —dijo cogiendo por la cintura a una chica joven que podría haber sido el doble de miss Phryne Fisher—, la prometida de mi hijo John.

Hubo una pequeña vorágine de saludos, besos y felicitaciones festivas mientras el doctor David Lockwood servía el inevitable ponche navideño. Al señor Livingstone no le pasó desapercibido que Agnes se quedaba mortalmente pálida mientras intentaba mantener una temblorosa sonrisa y que

John se ponía tan rojo como un volcán a punto de entrar en erupción. Esquivó la mirada de su anfitrión, se aseguró de que Sioban incluía en su conversación al resto de los presentes y se dirigió furioso y en voz baja al policía:

—Pensé que habíamos quedado en que usted era el héroe de esta novela.

El hombre se encogió de hombros incapaz de desprender la mirada de la ayudante del librero, que en el otro extremo de la habitación intentaba responder a las preguntas de David sobre su vida en Londres de manera que no se notase demasiado lo poco que estaba entendiendo del idioma local en esos momentos.

—Maldita sea, míreme, le estoy hablando —le espetó el señor Livingstone.

—No es lo que parece.

—¿Su madre tiene otro hijo que se llame John?

—Claro que no.

—Entonces sí que es lo que parece. Por todos los dioses, ¿en qué estaba pensando? ¡Con Phryne Fisher nada menos! Seguro que también va armada.

—Se llama Sarah —contestó el policía, que no tenía la menor idea de quién era miss Fisher o por qué demonios le parecía al señor Livingstone que pudiese llevar pistola en casa de sus padres— y no es mi prometida.

—Sus padres parecen convencidos de lo contrario.

—Porque lo era, pero ya no lo es.

—Me maravilla su capacidad de conjugación verbal. ¿Desde cuándo? ¿Desde hace dos minutos? ¿Desde que ha visto entrar a Agnes en esta casa y quedarse más pálida que la dama de Shalott? —El señor Livingstone se horrorizó de sí mismo por lo dramático de sus palabras—. Si llevase guantes —resumió en voz alta— le retaría ahora mismo a un duelo, inspector Lockwood.

—No soy el villano de esta historia.

—Dijo el prometido de Phryne mientras miraba con ojos de cordero degollado al hada descalza.

—Edward —intervino Sioban cuando Anne y Sarah salieron de la habitación en busca de los aperitivos—, ¿qué le estás haciendo al pobre John? Parece a punto de sufrir un ataque cardíaco.

—¡Ja! Carece de tal órgano en el que sufrir nada.

—Señor Livingstone, si me permite hablar con Agnes un momento...

—¡Por encima de las cenizas de mi librería!

—Edward, quizás John debería salvarla de las garras de su padre. Parece un poco mareada, ahora que me doy cuenta.

—Debe de ser por la daga que lleva clavada en el corazón.

—Cariño, pero ¿qué te pasa? ¿Dónde está tu famoso pragmatismo inglés?

—Ahogado en mi sangre escocesa, maldita sea.

—Si es por el Premio Scrooge, ya no es necesario que sigas haciendo méritos.

—Señor Livingstone... —intentó explicarse John.

—No entiendo cómo he podido equivocarme tanto con usted —se lamentó el librero—. Con semejantes agentes, no me extraña que Scotland Yard no pudiese resolver el caso de Jack el Destripador. Lo que me sorprende es que no se fuesen de tabernas con él.

—¡A la mesa, familia! —exclamó alegre Anne con un par de fuentes de almejas en salsa verde y canapés variados.

Junto a ella, Sarah depositaba en la mesa todo un cargamento de fiambres y demás delicias gastronómicas inglesas.

—John, cariño...

—«No sabes qué enfermo está todo aquí en mi corazón»* —recitó el señor Livingstone entre dientes.

—Qué bien huele todo. —Sonrió Sioban, sentándose a la mesa y arrastrando a su librero preferido tras ella para separarle del pobre inspector.

—A podrido, como en Dinamarca** —insistió él.

Agnes, sentada junto al padre de John, parecía a punto de echarse a llorar; el señor Livingstone dudaba que fuese por la patética conversación del hombre.

—John, siéntate. ¿Te sirvo un plato?

—No, es...

—Estuve en Barcelona hace unos años, en un congreso de

* William Shakespeare, *Hamlet*.
** Literalmente, «Algo está podrido en el estado de Dinamarca» (*Hamlet*, acto I, escena V).

cirugía —seguía incansable David Lockwood—. Me gustó su ciudad. Sobre todo esa torre como la de la City, ¿cómo la llaman allí?

—Las almejas están estupendas este año. ¿Cómo ha ido la entrega de premios? —preguntaba Anne.

—«Donde ahora estamos son dagas las sonrisas de los hombres.»*

—Cariño, no creo que...

—¿Eso es *Hamlet*?

—He cambiado de príncipe, aunque la traición es la misma.

—Edward.

Entonces ocurrieron algunas cosas a la vez en el sinsentido en el que se había convertido la cena en casa de los Lockwood: el señor Livingstone empezó a quejarse en voz alta de la patada que Sioban acababa de propinarle por debajo de la mesa; Anne, nerviosa con tanta cita airada y porque su hijo parecía un pasmarote incapaz de tomar asiento, derramó parte de la salsa verde sobre su esposo y sus ensoñaciones arquitectónicas; Agnes empezó a murmurar una excusa sobre una terrible jaqueca y la conveniencia de irse en ese mismo instante, antes de caer muerta sobre el hermoso mantel; y John, convencido de que el infierno era una cena navideña en casa de sus padres, seguía sin acertar siquiera a moverse pese a la insistencia de Sarah y de su madre.

* William Shakespeare, *Macbeth*, acto II, escena IV.

—De verdad, creo que debería irme.

—¡Ten más cuidado, Anne! Esta es mi mejor chaqueta.

—Ahora me sometes a la disciplina de la violencia más no es contra mí que deberías dirigir tu ira.

—¿*Ricardo III*?

—Edward Livingstone, para servirle.

—¿Es que nadie va a probar las almejas?

—Tienen miedo de que se las tires por encima.

—Si me disculpan, la cabeza me va a estallar.

—¡Es por ese dichoso premio!

—¡Callaos! —gritó John por encima del coro de absurdas conversaciones entrecruzadas— ¡Un momento, por favor! Papá, eso se va con un trapo húmedo, deja de quejarte. Mamá, tranquilízate, son amigos que han venido a cenar, no The Lord Chamberlain's Men. No te dejes amilanar por el torrente de locura literaria del señor Livingstone, en otras circunstancias es un ser bastante civilizado; lo de esta noche es culpa mía. Agnes...

El policía se acercó a la chica, la cogió de las manos y la obligó a ponerse en pie. En sus ojos leyó una tristeza infinita, un cansancio que no recordaba haber descubierto allí la mañana en la que la encontró frente al Serpentine, en Hyde Park, y caminaron juntos bajo la nieve.

—Agnes, lamento mucho todo esto. Si fueses tan amable de acompañarme un momento...

—¡Es la chica del paraguas! —gritó Sarah, entendiéndolo todo de golpe.

—Agnes y yo tenemos que irnos —dijo John con toda la calma del mundo prendida de sus manos—, Sarah os explicará por qué en cuanto hayamos salido por esa puerta.

—Pero, John, hijo, es Navidad...

—¿Dónde vais a ir?

Lockwood aprovechó el factor sorpresa, y que el señor Livingstone se mantenía en milagroso silencio, para salir de la habitación, recoger su abrigo y el de Agnes del vestíbulo y apresurarse a arrastrar tras de sí a la chica fuera de casa. Antes de adentrarse en la espesa niebla nocturna que había envuelto las calles como un frío sudario, escuchó con media sonrisa la voz de Sarah diciendo que tenía que contarles algo. Le pareció que Edward contestaba que aquella se estaba convirtiendo en la mejor cena a la que había asistido en mucho tiempo.

—Y eso que todavía no ha probado las almejas —resonó la voz de Anne, recuperando su aplomo habitual.

14

Muy a su pesar, Edward Livingstone tuvo que reconocer que el inspector Lockwood poseía cierto estilo haciendo mutis por el foro. Cuando John y Agnes salieron de escena, Sarah se apresuró a tomar la palabra para aclarar un terrible malentendido que incluía cierta promoción a Hong Kong, un desamor mutuo y la cancelación de los planes de boda de dos familias. Como los destinatarios del discurso de miss Fisher eran únicamente los señores Lockwood, Sioban aprovechó para desembarazarse de los terribles ponches en la maceta de un ficus cercano a la mesa. Aclaró las grandes copas de cristal con un poco de agua, volvió a repetir la operación de regadío y las llenó de vino blanco. Como Edward parecía secretamente divertido con lo que estaba aconteciendo en el salón de los padres del inspector, la editora sacó algunas conclusiones al respecto.

—¿Tú sabías que John estaba loco por Agnes? —le preguntó en voz baja para no desconcentrar a sus anfitriones.

—Chist, que no quiero perderme la mejor parte —le advirtió el señor Livingstone aceptando la copa de vino.

—¿Y qué parte es esa? No hace más que repetir que la han promocionado en Ogilvy & Mather. No estoy escuchando y ya es la tercera vez que lo dice.

—Cuando resuelve el asesinato.

—No es la miss Fisher auténtica.

—¿Desde cuándo has perdido todo el romanticismo?

—Desde que trato con escritores.

En vista de que el apasionado discurso se alargaba, Sioban se sirvió una ración de las famosas almejas en salsa verde. Sí que estaban deliciosas, se lo diría a su amiga en cuanto dejase de hacerle preguntas incómodas a su ex futura nuera.

—¿Tienes idea de adónde han podido fugarse John y Agnes? —le preguntó a Edward después de pasarle una bandeja de canapés de dudosa apariencia.

—¿A Troya?

—No te hagas el despistado, tú sabes algo del rapto de la bella Helena. Estabas rarísimo hace un momento.

—He estado rarísimo desde que aprendí a leer, corazón. —Al señor Livingstone le daba mucha ternura que Sioban olvidase a menudo sus excentricidades, le parecía una prueba de amor—. Pero si te refieres a que me sulfuraba que el inspector estuviese jugando con los sentimientos de mi ayudante...

La editora encajó la última pieza del rompecabezas y le sorprendió la manta aterciopelada que arropó en esos momentos su corazón. Edward, el librero cascarrabias, el coleccionista despistado de libros ilustrados, el único habitante del planeta empadronado en la Luna a tiempo completo, había sido capaz de ver con otros ojos. No solo se había percatado de la admiración de John por Agnes —cosa de la que ni siquiera Sioban, que se jactaba de tener una sensibilidad especial derivada de la literatura, se había dado cuenta—, sino que además se había erigido, con shakespeariana pasión, en paladín de la chica. Después de tantos años junto a ese misántropo ensimismado y maniático, todavía era capaz de sorprenderla como guardián abanderado de la justicia amorosa. Disimuló lo mucho que le había conmovido entenderlo y le cogió la mano por debajo de la mesa.

—¿Qué? —se sorprendió el señor Livingstone.

—Nada —le contestó ella. «Todo», pensó.

Cuando salieron de la cena de los Lockwood, tras aguantar en pie, y con una botella de vino blanco entre pecho y espalda, trescientas cincuenta y una disculpas de Anne y de miss Fisher, además de la ebria indiferencia de David, Edward y Sioban entraron en el taxi que les esperaba y partieron rumbo al piso de ella. El coche atravesaba despacio las calles casi desiertas, navegando entre la niebla espesa de la noche mientras el corazón de la editora bailaba una rumba acompasada. Pasaban por delante de la estación de Paddington, camino de Notting Hill, cuando, presa de una impaciente inspiración, le indicó al conductor que les dejase frente a Kensington Gardens. Agarró a Edward fuerte de la mano y tiró de él hasta encontrar una de las cancelas de entrada.

—No es que no aprecie el romanticismo de morir congelados, entre la niebla, a las puertas de estos hermosos jardines —dijo el señor Livingstone con su habitual calma—, pero, en una escala del uno al diez, ¿cómo de achispada te encuentras?

—Calla, Edward. Esto no tiene nada que ver con el vino.

Sioban le tendió sus zapatos de tacón y se apresuró a escalar la puerta de hierro pintado de negro con sorprendente facilidad. Cuando estuvo del otro lado, reclamó su calzado y apremió al hombre a que siguiese sus pasos. El señor Livingstone se hizo de rogar. Podía entender que un librero inglés enfermo de romanticismo saltase la verja del cementerio de Highgate para llorar a escondidas sobre la tumba de su ilícita amante, pero exponerse a la humedad y el frío de una noche de diciembre por visitar unos jardines de dudoso interés botánico...

—Cariño, si algún agente de la ley tuviese a bien indicarnos nuestra infracción, te recuerdo que en estos momentos no estoy en lo que se considera precisamente las mejores relaciones con Scotland Yard.

—No seas cobarde.

—Está bien, todo amante es un soldado en guerra.

—¿Vas a saltar o vas a quedarte ahí toda la noche recitando a Ovidio?

Al señor Livingstone le costó un poco más que a su chica sortear la alta verja de hierro que cerraba los jardines de Kensington a los merodeadores nocturnos y otros poetas victorianos. Cuando lo consiguió, se recompuso la ropa y le dedicó una mirada triunfal a su editora, que se aguantaba la risa con bastante éxito.

—¿No fue en estos jardines donde se perdió Peter Pan? —preguntó.

Se enlazó del brazo de Edward y echó a andar en dirección al corazón del parque.

—No se perdió —puntualizó el señor Livingstone—. Peter no era un niño perdido. Saltó de su cochecito y abandonó a su niñera en cuanto comprendió que los adultos esperaban de él que creciese. Pero sí, fue en estos jardines. Hay una estatua suya, si mal no recuerdo, en dirección sur.

Sioban le dejó hablar. Otra de las muchas cosas que admiraba de Edward era su respeto por las rarezas ajenas. El librero sentía auténtica pasión por aquellas zonas inexploradas en los mapas de los demás. Le encantaba posar los dedos en el *Hic sunt dracones* de las cartografías antiguas y especular con la imaginación sobre las maravillas allí escondidas. Por eso, cuando Sioban había detenido el taxi en medio de ningún sitio y le había invitado a acompañarla en su aventura de profanadora de jardines ajenos, ninguna palabra de reproche había salido de sus labios.

La rubia editora escogió un roble especialmente antiguo y

robusto, extendió bajo la protección de sus altas ramas su fular de lana, y tiró de Edward hasta conseguir que se sentara a su lado.

—Nadie nos dedicará una estatua si esta noche decidimos no crecer nunca jamás —susurró muy cerca de él.

Súbitamente emocionado, o quizás porque los férreos dedos del frío invernal habían hecho presa en él, el librero la envolvió en un medio abrazo apretado.

—Edward Livingstone —vertió Sioban con cuidadosa pronunciación en su oído—, ¿me harías el enorme honor de casarte conmigo?

Si un meteorito gigante hubiese caído en esos momentos sobre Kensington Gardens, habría sido muy probable que el señor Livingstone apenas hubiese levantado una ceja antes de comentar algún detalle interesante sobre la extinción de los dinosaurios o sobre la justa destrucción del Serpentine Bridge. Pero el impacto de las palabras de Sioban no podía compararse en grandiosidad y efecto con el de ningún meteorito gigante. Edward sintió que un nudo de emoción se le agolpaba en la garganta y que su estómago se encogía de pura felicidad. Por primera vez en su vida adulta, no encontró ninguna cita que le acompañase, pues nada en la literatura podía glosar semejante dicha.

—El honor es mío —respondió antes de besarla.

Notó su mejilla húmeda por las lágrimas, aunque apenas le tembló la mano cuando la llevó hasta su rostro para secárselas. Contempló sus increíbles ojos a la luz de la luna y de las estrellas y se compadeció del pobre Oliver, que nunca tendría, ni siquiera con su telescopio, semejante comprensión del universo.

Edward le preguntó por qué había cambiado de idea.

—Me he dado cuenta de lo mucho que te amaba —le contestó ella.

—¿No lo sabías durante todos estos años?

—Te lo diré de otra manera: sabía que te amaba, pero no cómo te amaba.

—¿Y cómo es eso?

—Por encima de cualquier prejuicio sobre el matrimonio.

Sioban le explicó que durante la extraña cena en casa de los Lockwood le había conmovido la ternura con la que había salido en defensa de Agnes.

—Sé lo difícil que te resulta interesarte por el mundo más allá de los cristales del escaparate de tu librería —le dijo—. Si en aquel comedor había alguien que supiese el verdadero valor de tu actitud, era yo.

—¿Por acosar al inspector Lockwood con un montón de citas de Will?

—No —le confió Sioban después de un largo beso—. Por ser uno de los pocos seres humanos que conozco capaces de ponerse en pie contra la injusticia.

Estuvieron besándose y susurrándose promesas y tonterías durante un buen rato, hasta que el silencio de la noche se impuso y, con lentitud, recuperaron sus antiguos seres. Pero ya nada era igual bajo la piel de ambos, el Edward y la Sioban de ahora eran ligeramente mejores. Quizás porque habían aceptado Nunca Jamás en sus corazones.

—¿Me pides en matrimonio porque estás en la ruina por culpa de las cartas de Tolkien?

—Puedes tener la total certeza de que esa es la razón —se rio Sioban descansando la cabeza sobre su hombro.

—Gracias, John Ronald Reuel Tolkien —pronunció el señor Livingstone alzando la mirada hacia la alta copa del roble que los cobijaba, con una sonrisa de profunda satisfacción.

John estaba tan nervioso cuando salió a la calle que ni siquiera se dio cuenta del frío, de la humedad y de la espesa niebla que se había apoderado de la ciudad. Pendiente de la persona a la que llevaba cogida de la mano, sí que notó el leve temblor que se apoderó de ella en cuanto enfilaron Gower Street. Se quitó su bufanda azul de lana, paró un momento y la envolvió con cuidado alrededor del cuello de Agnes Martí.

—La bufanda es del mismo color de tus ojos —dijo, tiritando la chica por romper un silencio que le era incómodo.

—Pues tenemos que darnos prisa porque no quiero que sea del mismo color de tus labios.

—Pero ¿adónde vamos?

Cuando John había escapado del salón de sus padres, dejando la ardua tarea de dar explicaciones a Sarah, no tenía ninguna idea sobre el destino de su huida. No había pensado más que en librarse de la locura transitoria del señor Livingstone y del peso de su propia culpa. Y aunque aquella precisa noche los hados del destino habrían de decidir si John y las excentricidades del propietario de Moonlight Books volverían a coincidir en la misma habitación, no encontraba lugar en el que reconciliarse con el hada descalza de desconcertados ojos castaños. Solo cuando Gower Street se convirtió en Bloomsbury Street supo adónde dirigir sus pasos. Se le daba bien improvisar planes de campaña, incluso en tiempos de paz.

—Es una sorpresa —dijo sin soltarla de la mano—. Pero también es un lugar tranquilo donde podré explicarte la pequeña confusión de esta noche.

—No tienes por qué darme ninguna explicación.

—Por favor, deja que lo haga. Lo necesito. Aunque no sé por dónde empezar. Nunca he conseguido entender por qué es tan sencillo engañar a la gente y tan complicado contarles la verdad.

—Porque lo malo siempre es más fácil de creer.

Agnes había comprendido, en cuanto John la había secuestrado de la cena infernal, que nada podía ser tan terrible como parecía. En el salón de los Lockwood, superado el primer instante de perplejidad por el anuncio del compromiso, seguido del ataque insufrible de personalidad de David, había sucumbido a una punzada de dolor. Reconocía que se había dejado envolver con rapidez por una tristeza asfixiante; no tanto porque hubiese empezado a ilusionarse con la probabilidad de empezar algo con John, sino por la decepción que supone descubrir que alguien a quien creemos honesto pueda tener comportamientos tan equívocos. Agnes, que era una firme partidaria de no arriesgar para no sufrir ninguna mala consecuencia, se había saltado todos sus principios al abandonar la rutina e instalarse en Londres en busca de una oportunidad laboral. Pero, pese a su valentía, todavía dudaba cuando Jasmine la empujaba hacia lo desconocido.

—Si te quedas encerrada en ese caparazón tan duro que tienes te estás perdiendo conocer a mucha gente interesante —le decía cada vez que Agnes rechazaba su oferta de salir con sus amigos.

—La mayoría de las personas no son interesantes, son mezquinas.

—Tu señor Livingstone empezó a pensar cosas como esa y mira cómo ha acabado.

—¿Cómo?

—Viviendo a través de los libros.

—Entonces tiene la mejor de las vidas.

Jasmine había reflexionado durante unos momentos y había reconocido su derrota.

—Verdad. No he estado acertada en el ejemplo. Pero tienes que arriesgarte más, la malevolencia humana te alcanzará de todas formas aunque te quedes encerrada en esta habitación. Por desgracia, amiga mía, no podemos excluirnos del mundo.

—A menos que nos mudemos a vivir a los bosques. Como Thoreau.

—¿Con un hacha?

—Aprenderé a utilizarla si es necesario.

Jasmine sacudió la cabeza con energía, no lograba imaginarse a la delicada arqueóloga cortando árboles con un hacha.

—Ya no existe ese tipo de vida —le aseguró—. El gobierno te cosería a impuestos por edificarte una cabañita, te multaría por cultivar sin pesticidas homologados y te enviaría legiones de inspectores de sanidad, psicólogos y asistentes sociales dedicados a las personas en riesgo de exclusión social. Tu vida sería un infierno. La policía te arrestaría por suponer un peligro de incendio forestal al cocinar en el bosque, o algo similar, y John Lockwood tendría que ir a sacarte de la cárcel. Con lo que volveríamos al punto de partida.

—¿Qué punto de partida?

—El de tener a un guapo inspector en tu vida.

—No estábamos hablando de John.

—Pero todo está relacionado.

—¿Con qué?

—Con el amor.

Quizás por su naturaleza confiada, quizás porque Jasmine le había contagiado algo de su férreo optimismo, pero sobre todo porque caminaba en plena noche de la mano de John Lockwood, sospechaba que debía formular algunas preguntas antes de tomarse en serio el sorprendente anuncio del compromiso del policía con la bella publicista de Ogilvy. Decidió, con su sabiduría acostumbrada, esperar a que John encontrase el momento y el lugar para aclararle ese punto antes de perder toda esperanza. No es que él se le hubiese declarado aquel día en el Jubilee, pero la había mirado de aquella forma, con el azul de sus ojos tan cargado de promesas... Y aunque no estaban resultando las Navidades tranquilas que se había prometido ese año, fugarse de la cena de una familia inglesa y correr entre el puré de guisantes en tan inusual compañía tampoco estaba nada mal. Respiró profundamente el aire frío nocturno y se guardó todas las preguntas en el bolsillo. «Vive el momento —pensó—, siempre estás a tiempo de mudarte a los bosques y convertirte en el quebradero de cabeza de los inspectores de sanidad.»

Caminaban deprisa, casi al trote, por las calles desiertas y de escaso tráfico, echándole una carrera al frío. Y entonces, al doblar la esquina hacia la izquierda a la altura de Russell Street, , Agnes perdió el aliento. Sabía exactamente dónde estaba. John no se detuvo en la gran plaza cuadrada de cemento gris que antecedía al hermoso pórtico neoclásico, sino que se dirigió al extremo más oriental del edificio. Llamó a la discreta puerta metálica y al poco tiempo salió uno de los guardas del turno de noche. Lockwood se identificó como inspector de Scotland Yard y le entregó su placa al hombre para que pudiese comprobar su identidad.

—Si fuese tan amable de avisar a Clive Judge, por favor.

El guarda les hizo pasar y llamó a su compañero por el walkie-talkie. Agnes, todavía con la respiración entrecortada, contempló la bella magnificencia del Gran Atrio del British Museum bajo la cúpula nocturna de cristal y acero de Norman Forster.

—No puedo creer que estemos aquí —susurró.

John contuvo la sonrisa, atento a las indicaciones del guarda.

—Llegará en un minuto, inspector Lockwood.

Clive Judge era un hombre pequeñito y redondo que daba la sensación de sentirse muy a gusto dentro del uniforme y, en general, dentro del planeta Tierra. Se acercó a ellos a zancadas, tan grandes como se lo permitían sus cortas piernas, con la cara rubicunda y feliz de las personas que saben disfrutar de la vida y no amargársela a los demás. En cuanto lo tuvo a una distancia asequible abrazó a John y le palmeó la espalda con una fuerza inesperada para un hombre de su estatura.

—Feliz Navidad, amigo mío. —Su voz cantarina competía con los cascabeles del trineo de Santa Claus—. Pero ¿qué haces aquí? Es noche de cena en familia.

—Quién fue a hablar. Esta es Agnes Martí, una buena amiga a quien me gustaría regalar una visita nocturna, con tu permiso.

Clive observó a Agnes aprobadoramente, como si solicitar la ronda nocturna en el British fuese solo prerrogativa de las más exquisitas sensibilidades. Saludó a la chica con un apretón de manos y les invitó a acompañarles.

—No se me ocurre un regalo navideño más especial que este —dijo muy serio.

Los dos hombres dedicaron los siguientes minutos a interesarse por sus respectivas familias y proyectos profesionales, preguntarse por amigos comunes y recordar alguna anécdota del pasado. Satisfecha la amistosa curiosidad, Clive situó a sus visitantes bajo el mismo centro de la hermosa cúpula y le contó a Agnes algunos detalles sobre el edificio.

—El British Museum abrió por primera vez sus puertas al público en 1759 —pronunció solemne—, en la mansión Montagu, en el mismo barrio de Bloomsbury. Pero se quedó pequeño a una velocidad asombrosa, sobre todo debido a la amplitud de las colecciones etnográficas, de historia natural y de la biblioteca. Por eso, en 1852 empezó a construirse este edificio neoclásico, diseñado por Robert Smirke. El frontón de la fachada principal es de Richard Westmacott.

»Su construcción no finalizó hasta 1857, con la sala circular en la que nos encontramos. Para ganar espacio, la ciudad inauguró a su vez el Museo de Historia Natural, que albergó la colección correspondiente del British; y su extensa biblioteca, la British Library, encontró también un sitio propio junto a Saint Pancras, como ya sabéis. En el año 2000 se amplió el edificio con el famoso Gran Atrio de la reina Elizabeth II, el corazón del museo, diseñado por el arquitecto Norman Forster. No solo es la plaza cubierta más grande de Europa, sino que además es una de las más hermosas. Y su espectacular cúpula, de armazón de acero, tiene más de mil quinientos pares de cristales. El Louvre no es competencia.

Agnes pensó que aunque el señor Livingstone hubiese puesto pegas a la construcción victoriana del British, se hubiese reconciliado con Clive por esta última observación.

—¿Por dónde queréis empezar? —preguntó el guarda—. Estaré atento con los sensores de movimiento de las salas que me indiquéis.

John la invitó a tomar la iniciativa.

—La piedra Rosetta —afirmó sin dudarlo ni un instante—. Y después el Partenón.

Clive volvió a mirarla con admiración y asintió con la cabeza, como un maître experimentado que alaba en silencio la buena elección del vino que acompañará a la cena.

—Entonces os dejo aquí —dijo, señalando la entrada de la sala en la que se exponía la famosa piedra que descifró Champollion—. La colección del Partenón está...

—En la sala Duveen —se le adelantó Agnes—, en esta misma planta, cruzaremos por Asiria.

—Exacto —apostilló Clive—. Fue un diseño de John Russell Pope, pero resultó dañada en los bombardeos alemanes de la Segunda Guerra Mundial y fue reconstruida a principios de los años sesenta.

—Me estáis dando dolor de cabeza —dijo John, que empezaba a arrepentirse un poquito de la elección de su regalo navideño.

Clive soltó una breve carcajada, volvió a palmear la espalda de su amigo y les deseó que tuviesen la más agradable de las visitas.

—Sin prisas —advirtió—, porque mañana no abrimos. Pero no os vayáis sin despediros o caerá sobre vosotros la maldición de Howard Carter.

John le aseguró que ni por toda la colección egipcia del British se le ocurriría semejante disparate.

—Disfrutad de la visita.

Sintiéndose hormigas en la inmensidad de los altos mármoles del impresionante museo, Agnes y John cubrieron la breve distancia que les separaba de la Rosetta. Sus pasos sobre el suelo pulido apenas resonaban, como si hubiese nevado también dentro del edificio y una mullida alfombra blanca amortiguase su camino. El silencio resultaba tan abrumador que ninguno de los dos osó romperlo.

Algunos minutos después de haber dejado atrás la urna de cristal de la Rosetta y cruzado toda la colección asiria, Agnes irrumpió en la sala Duveen y soltó un sonoro suspiro de admiración al ver los frisos y esculturas del Partenón. Aunque había estado allí otras veces, era la primera visita en la que no había nadie más en la sala. La quietud invitaba a la contemplación.

—¿Cuántas veces has estado aquí? —preguntó John adivinando sus pensamientos.

—Algunas.

Agnes recorrió la exposición de los mármoles de Elgin en reverente silencio, disfrutando de los detalles y de la nueva perspectiva de la soledad nocturna. Se movía en la agradable penumbra de las luces de emergencia, destacando el protagonismo de cada una de las piezas por sus respectivos focos. Se detuvo ante las esculturas del frontón oriental de Fidias que representaban a Atenea, Zeus y el resto de los dioses, posiblemente uno de los conjuntos esculturales más bellos y de más complejidad del mundo.

John la dejó vagar por la sala, contemplándola a una distancia prudencial mientras ella se deleitaba en las esculturas como si fuese la primera vez. . Desde que habían escapado de la casa de sus padres le quemaba en la garganta una explicación a su comportamiento. Necesitaba contarle que Sarah ya no era más que pasado, aclararle los términos del acuerdo al que habían llegado temporalmente; pedirle disculpas por el malentendido, por dejar que pensara —aunque hubiese sido tan solo un minuto— que su paseo bajo la nieve no había tenido más valor que el de un espejismo. Lockwood deseaba pronunciar en voz alta que se había enamorado pero, de alguna forma, la carrera a través del frío y de la niebla y la solemnidad de aquella visita nocturna al British no habían propiciado el momento de ninguna explicación. Le conmovía profundamente el silencio de Agnes, su reticencia a hacer preguntas al respecto o a mostrarse molesta por el episodio durante la cena; como si el solo hecho de dejar traslucir su desencanto, su duda o su desilusión, la expusiese de manera insoportable al juicio de John.

Ajena a los pensamientos del policía, la arqueóloga sentía cómo, en presencia de aquel pedazo de patrimonio universal, la asaltaban los recuerdos de sus veranos en Oxirrinco. Podía imaginar con facilidad qué habían sentido Carter, Clark o Petrie, ese sentimiento de pequeñez ante tal testimonio de la Historia, esa emocionante puerta al pasado que era el Partenón. Momentos así le recordaban por qué había decidido seguir sintiéndose arqueóloga cuando su único medio de subsistencia era una pequeña librería en el corazón del Temple.

Al cabo de un tiempo, todavía emocionada ante el frontón oriental de Fidias, se giró hacia John y sonrió con timidez.

—Gracias por este extraordinario regalo de Navidad.

El inspector Lockwood se levantaba cada mañana con el deseo de luchar contra las pequeñas injusticias humanas y a la vez con la esperanza de que llegase el día en que no fuese necesario. Quizás ese no iba a ser el día en el que ocurriese el milagro, pero precisamente allí, con el testigo mudo de los dioses de piedra, en uno de los templos antiguos conservados más extraordinarios de la civilización, iba a cumplirse otro de sus sueños.

Preso de la impaciencia, incapaz de mantener por más tiempo la distancia que le separaba del hada descalza del señor Livingstone, John cruzó la estancia, se plantó a escasos centímetros de la chica y enmarcó con sus manos de soldado el delicado rostro de piel blanca. Pensó que ningún tesoro de los que albergaba aquel edificio podía compararse a ese par de enormes ojos castaños que le sostenían la mirada con cierta sorpresa.

—Eso debería decirlo yo —pronunció con voz ronca John justo antes de besarla.

15

Existen besos capaces de detener el mundo. Paralizan el aire alrededor, congelan el tiempo y dejan en suspenso el pensamiento. La vida misma se mantiene quieta, temerosa de romper con su aleteo el hechizo de tan extraordinario encuentro. Solo los niños que alguna vez aplaudieron fuerte porque creían en las hadas pueden entender de adultos que existan besos así, capaces de detener el tiempo.

Fueron las campanadas de la vecina St. Martin's Church, anunciando la medianoche, las que volvieron a poner en marcha el reloj en el British Museum.

—Feliz Navidad —dijo John, separándose unos centímetros de los tentadores labios del hada.

Agnes repitió en voz alta su deseo pero no osó moverse, seguía presa del conjuro de aquel primer beso, con las piernas temblorosas y el vértigo en el estómago, con el recuerdo en la piel de la caricia de otras manos. Todavía incapaz de deshacer el refugio que la mantenía entre sus brazos, el inspector Lockwood hundió la mirada en aquellos increíbles ojos castaños y pronunció en voz baja:

—Es cierto lo que dicen. No hay nada más hermoso que una mañana de Navidad.

—Todavía es de noche.

—Pero ya es mañana. No hay oscuridad si tú estás conmigo.

Volvió a besarla, despacio, en silencio, como si el British no fuese más que una inmensa bola de cristal, de esas que contienen tempestades de nieve en su interior cuando se agitan, pequeñas burbujas de magia en manos infantiles. Los dioses decapitados de Fidias maldijeron no tener ojos para contemplar tan prodigioso instante.

John recogió los abrigos y los extendió sobre el suelo, a los pies del frontón oriental del Partenón. Tomó a Agnes de las manos y se acostaron sobre el improvisado lecho, con la bufanda azul de almohada, el larguísimo pelo de ella como una suave cascada ondulada contrastando con sus tonos de chocolate y caramelo. Desde allí tenían una amplia visión del techo artesonado con motivos dóricos.

—No es tan romántico como mirar las estrellas —observó el inspector.

—El British no tiene techo, es infinito.

Agnes dobló la bufanda y los abrigos bajo sus cabezas para lograr un mayor ángulo de inclinación. Cuando volvieron a reclinarse, podían ver las impresionantes esculturas y relieves griegos.

—Friso este, oeste y sur —indicó la arqueóloga mientras señalaba los diferentes fragmentos escultóricos—. Los esculpieron Fidias y los artesanos de su academia entre los años 443 y 438 antes de nuestra era. Mi director de tesis, pese a haberse especializado en el Imperio Antiguo egipcio, reconocía que era la obra escultórica más bella hecha por la mano del hombre.

John volvió la cabeza hacia ella, contempló su perfil suave en la penumbra de las luces de emergencia y pensó que discrepaba de la opinión del profesor. Se hallaba en presencia de lo más bello que jamás había tenido la suerte de contemplar, y no estaba esculpido en mármol blanco, precisamente.

—Se les llama los mármoles de Elgin porque fue Thomas Bruce, conde de Elgin, quien ordenó su traslado desde Atenas a Londres en 1801 para protegerlos de las agresiones ambientales y de la falta de voluntad de conservación *in situ* de la época. Desde finales del siglo pasado, Grecia ha reclamado su devolución en muchas ocasiones, pero Gran Bretaña es reacia a contestar a su petición.

—Ah, las malvadas políticas del Imperio.

—Ninguna nación está libre de maldad, históricamente hablando.

—¿Crees que deberían volver a Atenas? —preguntó John haciendo un pequeño gesto con la cabeza en su dirección.

—No lo sé. Ocurre lo mismo con muchísimas piezas egipcias. Si los arqueólogos británicos y franceses, en su mayoría, no se hubiesen llevado sus descubrimientos a sus respectivos países apenas quedaría hoy nada de tan valioso patrimonio; todo se hubiese perdido entre los profanadores de tumbas, el mercado negro de antigüedades, actos de destrucción terroristas, guerras y la monstruosa corrupción de los gobiernos de El Cairo. Eran tiempos salvajes y, en el siglo diecinueve, Europa era un lugar relativamente más seguro para esos tesoros.

—Todos los tiempos son salvajes —intervino John, consciente de sus días en el ejército o de las actuales guardias con chaleco antibalas en el aeropuerto—. Ahora esas reliquias no están seguras en ningún sitio.

—No son reliquias, ni tesoros, son el testimonio cultural de otras civilizaciones. Pertenecen a toda la humanidad y por eso mismo, por su carácter universal, debería darnos igual el país o museo en el que estuviesen expuestas.

—El problema, entonces, es que todavía somos incapaces de entendernos a nosotros mismos como humanidad sin hacer diferencias de raza, religión, género o ideología.

—Pero ya nada es seguro —susurró Agnes con la voz ahogada por la tristeza.

John se incorporó sobre un codo y se inclinó hacia ella.

Con la mano que le quedaba libre acarició sus suaves y largos cabellos castaños, y la detuvo en su mejilla.

—Hay varias cosas que sí lo son —dijo antes de besarla con ternura.

Agnes recordó las palabras de Jasmine sobre que el amor no era una cuestión de tiempo, sino de certezas, y por primera vez se atrevió a tocar a John sin miedo a que se desvaneciese con las primeras luces del día.

Les interrumpió un carraspeo nervioso magnificado por el eco de los altos techos y la sala vacía.

—John, siento molestaros —dijo Clive Judge desde el dintel de la galería del Partenón—. Sabes que estás rodeado de cámaras de seguridad, ¿verdad?

Después de asegurarle a su amigo que había encontrado el único ángulo muerto de la sala, Lockwood se puso en pie y se dispuso a acompañar a Clive.

—Vuelvo enseguida —le prometió a Agnes—. No salgas corriendo, por favor.

—La has impresionado, ¿eh? —bromeó el guardia de seguridad, al hilo de su última frase, en cuanto estuvieron fuera del alcance de los oídos de la chica.

—Son todas esas esculturas.

—Si la chica es arqueóloga no creo que salga corriendo por unas cuantas piezas de mármol mal iluminadas por las luces de emergencia.

—No pienso reconocer ninguna otra alternativa.

John volvió a la sala del Partenón empujando un pequeño carrito metálico cargado con tazas, una tetera humeante, bollitos de canela, magdalenas de nata, tostadas, mantequilla y mermelada de albaricoque y naranja dulce. Le recordó a Agnes que se habían fugado de casa de sus padres sin cenar y que ninguna visita al British era completa sin probar el servicio de catering. Sirvió el té en las tazas y dispuso el pequeño pícnic en el suelo, sobre una enorme servilleta extendida, a los pies de los abrigos que constituían su isla de calidez en la inmensidad del mármol circundante.

—*Breakfast at Tiffany's* —bromeó Agnes cuando tuvo delante el pequeño banquete.

—Supongo que para una arqueóloga esto es mejor que Tiffany's.

La chica admiró las tazas a juego con la bonita tetera de porcelana rosa y florecillas azules. Notaba una sensación de irrealidad, como si todo aquello no fuese más que un oasis a medio camino entre las brumas del sueño y la dura nitidez de la vigilia.

Sentado en el suelo, con las piernas dobladas y la mirada prendida de los ojos castaños de Agnes, mientras removía distraído su taza de té sin azúcar, John por fin le contó su historia con Sarah.

—Estuvimos saliendo más de un año, incluso nos prometimos, aunque los últimos meses ambos sabíamos que ese tren ya había pasado de largo para nosotros. Supongo que tardamos en abordar la certeza porque nuestras familias estaban entusiasmadas con la posibilidad de una boda y porque Sarah tenía idealizada nuestra relación. Creo que le gustaba la idea de los dos como pareja más que la realidad de que lo fuésemos, no sé si me explico. Supongo que se dejó llevar por todas las veces que tuvimos que escuchar eso de «hacéis tan buena pareja...».

Agnes asintió mientras mordisqueaba una tostada. Pronto amanecería y las primeras luces del nuevo día, a través de la majestuosa cúpula cenital, dotarían de un blanco resplandeciente las enormes columnas de mármol. Las sombras cederían con suavidad la fantástica arquitectura que habían abrazado durante la noche y los dioses del Partenón perderían parte de su misterio. Se preguntó cómo había sido capaz de pensar que su té en el Jubilee sería insuperable.

La arqueóloga aprendiz de librera tenía el pelo alborotado, las mejillas arreboladas y los labios más rojos de lo habitual. John estaba despeinado y su traje oscuro necesitaba un planchado. Pero ambos compartían la mirada brillante y nueva de quienes acaban de estrenar el amor en una noche de invierno.

—Sarah me pidió que retrasáramos hasta después de las fiestas contarles a nuestros padres que hacía meses que nos habíamos separado. Ella se irá pronto a vivir a Hong Kong y quería tener unas Navidades tranquilas antes de soltarle esa otra bomba a su familia.

—Yo también quería unas Navidades tranquilas.

John alzó las palmas de las manos hacia arriba y miró en derredor con cara divertida.

—¿Más tranquilas que esto?

Agnes atrapó una de sus manos y la puso sobre su corazón.

—Más tranquilas que esto —le dijo mirándole a los ojos, compartiendo con él sus acelerados latidos.

Lockwood, que se había descubierto más débil de lo que sospechaba cada vez que se proponía guardar las distancias con aquella chica, se inclinó para volverla a besar.

—No sé qué voy a hacer, Agnes Martí —pronunció contra sus labios—, estoy perdido desde que te vi aquella noche en la librería, con los pies descalzos y tu largo pelo flotando alrededor. Mirándome exactamente igual que como me miras ahora.

—¿Cómo?

—Como si vieses en mí todos los futuros del mundo.

John condujo despacio por las calles fantasmales de una ciudad casi vacía. Disfrutando del silencio, de la ausencia de tráfico y de los tímidos rayos del primer sol de la mañana. Ni rastro de la espesa niebla de la noche, como si la mismísima meteorología desease ofrecer su rostro más amable en esa mañana de Navidad. Sentían en el estómago —sobrevolando el desayuno de bollitos y tostadas con mermelada— las mariposas de la noche en vela por el amor recién estrenado.

—Oh, no —se quejó compungido el inspector.

—¿Qué ocurre?

—Acabo de recordar que tengo que disculparme con el señor Livingstone. No te rías, no tiene gracia. Dice que le caigo bien.

—Entonces ¿de qué te quejas?

—De que, precisamente por eso, espera grandes cosas de mí.

Agnes se giró en su asiento y le miró con la risa bailándole en los ojos.

—Todos esperamos grandes cosas de ti —dijo—. La culpa es tuya. Después de aquella entrada espectacular en la librería, durante la tormenta, es normal que tengamos el listón tan alto respecto a tus posibilidades.

—Muy graciosa.

—Te cargaste las campanillas del señor Livingstone.

—Y asusté a su contable.

—Sus corbatas sí que asustan.

—No he sido capaz de encontrar ese dichoso diario —señaló apesadumbrado—. Me pasaré por la librería y le recomendaré que curse una denuncia por los canales oficiales. Espero que me haga caso.

—Cerrará unos días por vacaciones —le advirtió Agnes—, pero sospecho que le encontrarás allí de todos modos.

—¿Por qué?

—Porque es Moonlight Books y él, Edward Livingstone.

Cuando llegaron a la dirección en Kensington que Agnes le había indicado, John aparcó el coche en una calle paralela y caminaron hasta la puerta de la casa. Pese a la reticencia de la chica, él había insistido en acompañarla hasta Waterloo Station, desde donde salía su tren hacia Surrey.

—Subo a recoger la maleta y bajo enseguida —le aseguró.

—Bien.

—¿John?

—Sí.

—Si no me sueltas no puedo irme.

—Claro, qué estupidez.

—A la vuelta de la esquina está el Darkness & Shadow, ¿por qué no me esperas allí? De todas formas, he quedado en el pub con R. Cadwallader.

Agnes le había contado la historia de cómo conocieron al cocinero galés y la curiosa relación que había surgido entre Jasmine y él. John insistió en llevarles a ambos a la estación.

—Me irá bien un café —declaró el inspector—. Necesito estar un poco despejado para enfrentarme a las preguntas de mi madre y a la conferencia de mi padre sobre que ya va siendo hora de que sepa qué hacer con mi vida.

—Pensaba que ya lo sabías.

—Pero él no.

Agnes le dio un beso rápido en los labios.

—Hasta ahora.

—Te espero en el Darkness.

—¿John?

—¿Qué?

—Sigues sin soltarme.

Aunque no pensaba decirlo en voz alta, el inspector Lockwood temía que, si la dejaba ir, el hada descalza echaría a volar sobre los tejados de Londres, hacia la segunda estrella a la derecha y todo recto hasta el amanecer.

Cuando John entró en la oscuridad de madera, espadas y fotos de mineros que era el Darkness & Shadow no supo decir quién quedó más desconcertado, si el individuo con barba de detrás de la barra o él.

—No servimos pasteles de carne —se apresuró a aclarar Michael Drake. No se le olvidaba la historia que los parroquianos más antiguos le contaron sobre cómo la policía, en los años veinte del siglo anterior, había multado y clausurado el Darkness & Shadow por contravenir la ley que prohibía vender *mince pie* en Navidad—. Y estamos casi cerrados. Haciendo inventario.

—Solo quiero un café —dijo John.

Se preguntó qué clase de negocio hacía inventario y saludaba a los clientes advirtiéndoles sobre la ausencia de pastel de carne el día de Navidad. Pero como el más joven de los Drake no tardó en ponerle delante una humeante taza de excelente café y una esponjosa magdalena de arándanos, decidió que no le importaban las excentricidades festivas de ningún barista de Kensington.

La magdalena había sido una cortesía navideña de R. Cadwallader, que salió de la cocina y se sentó cerca de John tras saludar con un gruñido ininteligible a la concurrencia. Por las señas que le había dado Agnes, el inspector supuso que aquel armario pelirrojo era su escolta hasta Surrey. Algo intimidado por la silenciosa mole del cocinero, terminó el café e intentó coincidir con la mirada de Michael Drake en busca de apoyo moral, pero el barman parecía súbitamente concentrado en la disposición de una línea perfecta de vasos altos.

Como el ángel que John sospechaba que era, Agnes apareció en la puerta del pub cargada con una voluminosa bolsa de viaje, llenándolo todo con la luz del exterior.

—Ah, ya estamos todos, ¿nos vamos?

Lockwood y Cadwallader se pusieron en pie como un solo hombre.

—Feliz Navidad, Michael —se despidió la chica.

—Pobrecilla —dijo Solomon Drake, uniéndose a su hijo tras la barra en cuanto se marcharon—, tener que pasar las Navidades con semejante bestia.

—Aunque sus magdalenas de arándanos son excelentes —apuntó Michael.

El propietario del Darkness tuvo que darle la razón.

La despedida en Waterloo Station fue rápida y de pocas palabras, como lo había sido la travesía en coche hasta allí. En el vestíbulo de la estación, R. Cadwallader, taciturno y cortés, se ofreció a ir a comprar los billetes para dejarles un momento a solas. La pareja se intercambió números de teléfono y se miraron sin saber cómo despedirse. Su intimidad apenas había durado unas horas, poco tiempo para el amor y menos para las palabras.

John tenía la terrible sensación de que aquel adiós era un preludio del fin, de que Agnes se alejaba sin billete de vuelta. No se arrepentía de haberle hecho partícipe de sus sentimientos, pues pensaba que el equívoco con Sarah le había brindado una oportunidad que no había dudado en aprovechar. Pero ahora, incapaz de deshacer el abrazo en el que la retenía, no encontraba las palabras justas para decirle que la echaría de menos aunque jamás hubiese habitado en sus rutinas más allá del pensamiento. El inspector Lockwood, acostumbrado al trato firme y algo áspero que su entorno esperaba de él, temía haber sido demasiado impulsivo con la chica que estaba a punto de coger el tren directo hacia Surrey. La besó por última vez sin sospechar que cualquier explicación sobraba en la vehemente promesa de sus labios.

Extrañamente serena, envuelta en su larguísimo abrigo gris, con el cabello derramándose sobre la espalda, tan ligera que parecía caminar sobre la punta de los pies, John la vio desaparecer en dirección al andén acompañada por la enorme mole del cocinero galés. Solo, en medio de la estación decorada con guirnaldas y coronas verdes y rojas, recuperó el ritmo pausado de su respiración, dio media vuelta y salió al aire frío de la mañana con un sombrío peso en el corazón.

En cuanto el tren dejó atrás la estación, Agnes se dejó mecer por su agradable traqueteo. Le agradeció a su silencioso acompañante el termo de té y los dulces caseros que tuvo a bien compartir con ella, y no tardó en quedarse dormida para compensar las horas de vigilia de tan extraordinaria noche. Antes de abandonarse por completo al sueño, supo que no había dejado de pensar en John durante todo ese tiempo, en su abrazo protector, en el firme tacto de sus manos, en la pregunta de sus ojos azules que ella había dejado sin respuesta. Recordó sus besos y el vértigo, el mudo mármol ancestral del Partenón como único testigo de la tempestad que les había arrastrado más allá de cualquier otra playa. Qué extraño que ese sentimiento antiguo como el mundo fuese, en cambio, tan ligero como para no lastrarle los pies. Bien al contrario, sentía que solo en brazos de John era capaz de volar.

R. Cadwallader, con la inusitada delicadeza de sus manos de cocinero paciente, arropó a Agnes con su manta de viaje y se acomodó en su asiento ensimismado en el paisaje que había empezado a cobrar velocidad.

16

Cuando tenía diez años, Edward Livingstone deseaba ser jinete de la King's Troop. Por aquel entonces vivía con sus padres en Gloucester Crescent y su padre solía despertarlo para que viese pasar a la guardia montada cabalgando hacia Regent's Park, donde se ejercitaba. El resonar de los cascos en el pavimento anunciaba su presencia con antelación y, en las madrugadas de invierno, cuando los jinetes se materializaban entre la oscuridad y la niebla, precedidos por el farol del primero de ellos, resultaba de un romanticismo abrumador.

Con el traslado del acuartelamiento de la King's Troop de St. John's Wood a Woolwich y la perentoria llamada de la literatura, Edward fue olvidando a aquellos jinetes, retazos de una nostalgia que Inglaterra se negaba a perder.

Pero aquella mañana, el señor Livingstone se había reencontrado con la King's Troop entre las páginas de *La dama de la furgoneta*, de Alan Bennett, y sufrió una leve crisis profesional. Pese a haberse tomado una semana de vacaciones, estaba en Moonlight Books, como si los años de práctica le hubiesen convertido en un fantasma local, incapaz de existir fuera de las paredes de su librería. Intentó imaginarse a lomos de un caballo de guerra, con el uniforme de gala de la artillería montada, surgiendo de la oscuridad al galope con el sable desenvainado. No lo consiguió sin que le entrasen ganas de reír. Si los hados le hubiesen dotado de tan romántica imaginación, habría optado por convertirse en parlamentario.

Se preparó una tetera, llenó la pipa y halló refugio en el rincón de los románticos, bien retrepado en el sillón morado, con una caja de libros para acomodar los pies. Sobre la mesilla, las últimas novedades de libros ilustrados; el cosquilleo de la felicidad más absoluta en el corazón. Pero apenas se había llevado la taza de humeante earl grey a los labios cuando un repiqueteo insistente a la puerta le fastidió el momento. Se levantó con algún que otro juramento en picto, fue hasta la entrada y miró a través del cristal del escaparate antes de abrir. Oliver Twist, haciendo honor a su nombre, ejercía de niño abandonado en el umbral de su tienda.

—La librería está cerrada —dijo el señor Livingstone en cuanto abrió, señalándole el cartel que así lo atestiguaba.

—Pero usted está dentro.

—¿Has venido para señalarme obviedades, astronauta de pacotilla?

—He venido solo.

—Pero tu madre sabe que estás aquí —aventuró el librero entornando sus ojillos tras las gafas y escrutando con atención la actitud del niño. Edward creía a la señora Twist capaz de acusarle de secuestro y no le apetecía en absoluto tener que leerse su denuncia judicial al respecto.

—Sí. Vivimos cerca y Clara está de vacaciones.

—Tú y yo estamos de vacaciones —insistió el señor Livingstone.

—Por eso mismo debemos hacer cosas que nos gustan.

—Como estar aquí —resumió Edward—. Está bien, pasa. Hay galletas con tropezones de chocolate y caramelo sobre el mostrador.

Solo había tenido tiempo para disfrutar del primer libro de su pila de elegidos y empezar la segunda taza de té cuando alguien volvió a llamar a la puerta.

—¡Por todos los dioses!

Antes de mirar a su visitante se cercioró de que el cartel de CERRADO estaba claramente visible y colgado del lado correcto, y que seguía siendo legible en inglés.

—Disculpe, sé que la librería no está abierta al público pero había pensado...

El señor Livingstone miró a aquel individuo que acababa

de decir que practicaba uno de los deportes menos populares de la actualidad y se preguntó de qué le servía pensar si acababa aporreando la puerta de una librería cerrada.

—Ah, es nuestro escritor residente —dijo con el ceño fruncido—. No le había reconocido sin la lamparilla azul.

—Necesito un lugar tranquilo donde escribir.

—La librería está cerrada.

—Eso la convierte en un lugar tranquilo.

—No crea.

—Le agradecería...

—Está bien, pase. Pero no me agradezca nada. Y mucho menos se le ocurra ponerme en los agradecimientos finales de su libro, por favor.

—Nadie lee los agradecimientos.

—Yo sí lo hago —dijo muy convencido el señor Livingstone—. Para asegurarme de que no aparezco en ellos.

Le sirvió una taza de té al escritor, que se había apresurado a instalarse bajo su apreciada lamparilla azul, y volvió a su rincón de lectura con cierta desesperanza por culpa de un refrán.

—No hay dos sin tres —dijo en voz baja.

Pero antes de que apareciera un tercer visitante en la librería cerrada, el librero tuvo que atender una llamada telefónica. Era su buena amiga Alice Shawn, que además de desearle un feliz año le transmitió inquietantes noticias. No tuvo tiempo de reflexionar sobre lo que la conservadora le había dicho porque alguien volvió a llamar a la puerta. Esta vez no eran los golpecitos tímidos de Oliver ni el rítmico sonido de unos dedos ágiles sobre el teclado. La madera pintada de azul retumbaba con el sonido rotundo de unas manos fuertes y decididas.

—Inspector Lockwood —saludó Edward en cuanto abrió la puerta.

—Señor Livingstone.

—Pase. Y hágame un favor, arranque ese cartel de CERRADO y pisotéelo como hizo con las campanillas. Para lo que me sirve...

John, que no estaba dispuesto a volver a disculparse por las dichosas campanillas, le miró sombrío al pasar por su lado. Rechazó la taza de té que le ofreció el librero y prefirió quedarse de pie, junto al mostrador, con cara de desear estar en cualquier otro lugar, como, por ejemplo, en la boca de un volcán a punto de entrar en erupción.

—Me gustaría...

El señor Livingstone se quedó sin saber qué era lo que le gustaría a Lockwood porque a este se le olvidó continuar la frase en cuanto vio que en la vitrina, sobre los libros ilustrados, volvía a estar el diario del explorador victoriano.

—Lo ha encontrado.

—¿El qué? —dijo Edward haciéndose el despistado—. Ah, sí. El diario.

—¿Dónde estaba?

—Ya le dije a Sioban que tenía mis dudas sobre que se tratase de un robo.

—¿Cómo lo ha recuperado?

—¿Y usted?

John le miró sin comprender.

—¿Cómo ha recuperado usted lo que había perdido? —insistió el señor Livingstone.

—No sé de qué me habla.

—De Agnes.

El inspector Lockwood hizo algo que llevaba sin hacer desde tercero de primaria: se sonrojó.

—No estamos hablando de Agnes, sino del diario.

—«Estaba perdido y fui hallado.»*

—Es usted imposible, señor Livingstone.

—Tan imposible que voy a casarme con la editora más increíble de Londres.

—Enhorabuena —dijo John sin poder evitar cierto tono de interrogación.

—No parece usted muy convencido.

—Es que me cae bien Sioban.

—Entonces le tranquilizará saber que fue ella quien me pidió en matrimonio.

—Todos tenemos malos días.

El librero se llevó las manos al pecho simulando que había recibido un certero disparo.

—Augh, inspector. Ha venido con ánimo de venganza.

* Lucas 15, 32.

—Le recuerdo que me castigó sin cenar.

Edward negó con la cabeza, apesadumbrado por las bárbaras costumbres navideñas de los oficiales de Scotland Yard, y volvió a su rincón de lectura. El inspector no tuvo más remedio que seguirle.

—¿Va a contarme lo del diario?

—Si me relata el rapto de la bella Helena. Dígame que le hizo inmortal con un beso y me quitaré el sombrero ante usted.

—Digamos que soy inmune a las balas —se rindió John ante el buen humor de su anfitrión.

—¡Magnífico! Entonces digamos que el diario se lo llevó prestado un amigo que se olvidó de avisarme de que lo tendría unos días para estudiarlo con más detenimiento.

—¿Cuándo se lo devolvió?

—La misma noche en la que a usted se le concedió la inmortalidad.

—¿Lo sabía cuando vino a cenar a casa de mis padres y no me dijo nada?

—Estaba ocupado retándole a un duelo de honor.

—Sí —dijo pesaroso el policía—, he intentado olvidarlo.

—John —pronunció solemne el señor Livingstone tras haber reflexionado unos segundos—, voy a encomendarle una misión. No porque confíe en usted...

—Gracias.

—El sarcasmo no combina bien con su chaleco antibalas.

—No sé si se ha dado cuenta de que voy de paisano.

—Bah, usted siempre va armado y es peligroso.

—¿Qué es lo que quiere?

—¿La paz en el mundo?

—Señor Livingstone... Acaba de decirme que, pese a que no confía en mí...

—Le ha dolido.

—... va a encomendarme una misión.

—Ah, sí. Rápido, antes de que Agatha Dresden llame a esa dichosa puerta.

—¿Cómo sabe...?

—Está mirándonos a través del escaparate.

No hizo falta más para que a John se le contagiase la premura del librero.

—Dígame.

—Tiene que decirle a Agnes...

Unos golpecitos de ratón tímido sonaron en la librería.

Millicent y Prudence, la abuela y la tía abuela de Jasmine, vivían en un pequeño cottage rosa a las afueras de Franham, un pueblecito de casas georgianas del siglo XVIII en el oeste de Surrey, muy cerca del condado de Hampshire. Pese a que sentían cierta debilidad por sacar de quicio a sus jardineros, la primera vez que Agnes contempló su cuidada propiedad pensó que estaba soñando; nunca había contemplado un jardín tan bello en el corazón del invierno. Aunque los árboles frutales, los rosales y las aulagas se mecían desnudos de flores y frutos al compás de los vientos, las plantas aromáticas, inmunes a los rigores de la estación, mostraban una saludable gama de verdes, morados y vainillas. Sobre el tejado oscuro de la casita rosa, enredaderas trepadoras y más rosales aguardaban pacientes la primavera.

Milly resultó ser una señora casi tan alta como su nieta, de voluminosas formas y cabellos blancos rizados que contrastaban con su tez morena. Sentía predilección por los vestidos de lana y los tenía en todos los colores del arco iris, aunque, como sufría de daltonismo, no solía acertar a la hora de combinarlos con el resto de su indumentaria. Sus ojos, grandes y observadores, a menudo se entornaban pensativamente detrás de sus gafas de montura púrpura con brillantes. Prue era algo más bajita que su hermana y compensaba el delirio cromático de Milly con pantalones grises y jerséis en tonos crema. Adoctrinada durante cincuenta años por su difunto marido —a quien jamás se le vio malgastar ni un penique en la taberna del pueblo—, ahorraba en peluquería luciendo una peluca oscura; cada vez que su sobrina le decía que con semejante aderezo le recordaba a las integrantes de The Marvelettes, Prue se arrancaba con *Mr. Postman*.

Se les notaba, en las miradas que se dedicaban la una a la otra, en las risitas compartidas cada vez que cometían una indiscreción —como unas veinte veces al día— que se profesaban un profundo cariño. Hacían frente común contra los jardineros desalmados del mundo, coleccionaban sombreros estrambóticos que solo se ponían los domingos y paseaban por las georgianas calles de Franham con la única finalidad de saludar a todos sus conocidos y cotillear los siete días de la semana.

Milly y Prue recibieron con cariño, besos sonoros y achuchones a la amiga de Jasmine, su ojito derecho, y les impresionó lo mucho que ocupaba R. Cadwallader dentro del pequeño cottage. Tardaron días en dejar de contener el aliento cada vez que veían su delicada vajilla de porcelana en las enormes manos del cocinero o en no tropezar con sus botazas en la entrada de la casa.

Pero como eran generosas y tenían cierta debilidad por la desproporción circense —en su juventud habían estado tan enamoradas de un malabarista y un domador de leones que solo la intervención *in extremis* de su padre, que las pilló saltando por la ventana en plena noche, había conseguido evitar su fuga doméstica—, acogieron al gigante con nostálgica ternura y miraban con buenos ojos la discreta relación que mantenía con Jasmine. Pronto se acostumbraron a que las acompañase al mercado, las escoltase en sus paseos por el pueblo o se sentase junto a la chimenea mientras contestaba un sinfín de preguntas sobre su familia en Gales. Aunque nada salvaba a Cadwallader de ser el centro de las cuitas de las hermanas durante las comidas y cenas en la pequeña casa de campo.

—Todavía no has probado los muslitos de pato confitado.

—Tienes que acompañarlos con la salsa de naranja y ciruela.

—Sí, es perfecta para combatir los malos presagios.

—Y la melancolía.

—Cierto, Prue, se le ve algo decaído al pobre.

—Échale más salsa.

—¿Qué medida?

—La suficiente para levantar el ánimo de un hombre grande.

—Tendrá una indigestión y después de eso...

—Después de eso debería comer un poco de fiambre.

—¿Con la indigestión?

—Con la crema de almendras.

Jasmine y Agnes casi se atragantaban de la risa con el rápido intercambio de ocurrencias de las ancianas y la sosegada amabilidad de R. Cadwallader, que comía en silencio, agradecía la preocupación de las señoras y tomaba nota mental de encargarse personalmente de cocinar el siguiente ágape que se sirviese en aquella mesa.

Agnes agradeció la invitación de su amiga para pasar las festividades navideñas en el acogedor hogar de su abuela. Todavía desconcertada por la precipitación con la que John Lockwood le había abierto su corazón, sus sentimientos transitaban por los extraños caminos de la contradicción más absoluta. Tan pronto notaba acelerados los latidos en su pecho y vértigo en el estómago como caía en los brazos de la melancolía y la tristeza más inexplicables. Disfrutaba de la compañía de las ancianas porque la distraían de sus abismos emocionales pero, a menudo, los gestos de cariño que Jasmine y R. Cadwallader compartían le recordaban las manos del inspector apartándole un mechón de pelo de la frente, posándose en su cara con tanta delicadeza, la proximidad de sus labios sobre su piel... y cuando eso ocurría, las paredes y los techos de la casita se estrechaban a su alrededor hasta el punto de necesitar salir al exterior, bajo la lluvia o contra el viento del este, y casi salir corriendo por los paisajes de la plácida campiña en busca de consuelo a la urgencia de su desazón.

Jasmine, que percibía con claridad la inquietud de Agnes pero había preferido concederle tiempo y espacio en lugar de interrogarla al respecto, contenía caricias y besos en presencia de su amiga. El talante tranquilo y taciturno de Cadwallader había encontrado en Franham un refugio familiar en el que sentirse a gusto. Cada día que pasaba en compañía de las dos hermanas se afianzaba su confianza y tropezaba con menos frecuencia con todos los muebles de la casa. Se sentía feliz junto a Jasmine y solo fruncía levemente el ceño pecoso cuando Agnes paseaba su inquietud por la casa para terminar huyendo como Proserpina perseguida por Hades. No hubiese dicho jamás nada en voz alta hasta que una tarde, excepcionalmente luminosa y despejada, en la que Milly y Prue trabajaban en el jardín, se atrevieron a comentar la tristeza de la arqueóloga.

—Marchita el romero a su paso —aseguró la abuela.

—Y anoche oí aullar a los lobos —dijo la tía Prue.

Jasmine las miró con incredulidad.

—No hay lobos en Surrey —dijo—. Y no creo que Agnes tenga nada en contra de vuestro romero.

—Oh, no es culpa suya.

—Es esa tristeza que arrastra.

—Le hemos añadido jazmín a su taza de chocolate.

—Pero no ha servido de mucho.

—Si nos quedara algo de madreselva...

Jasmine advirtió a su abuela y a su tía que dejasen de envenenar el chocolate de Agnes y las conminó a que se metieran en sus propios asuntos y dejasen en paz los de los demás. Pero cuando a la tercera noche de su visita a Franham Agnes tampoco dio muestras de querer compartir las razones de su desasosiego y, en vista de que el romero sí que parecía algo desmejorado —y no deseaba tener que conducir hasta el hospital más cercano con un caso grave de intoxicación alimentaria si las hermanas continuaban insistiendo en sus remedios caseros contra la tristeza—, Jasmine esperó a que la chica se retirase a su habitación y la siguió al cabo de un momento.

—¿Puedo pasar?

—Adelante.

—¿Tanto echas de menos la comida de Fortnum & Mason? No puedes añorar el Darkness & Shadow porque nos hemos traído a su cocinero con nosotras.

—Siento si he estado algo callada estos días.

—¿Solo algo callada? Las tumbas de tus templarios son más elocuentes que tú. ¿Qué ha pasado con el inspector Lockwood? —preguntó Jasmine yendo al grano—. Te he dejado tiempo de sobra para que me lo cuentes pese a que me muero de curiosidad.

—Considéralo una justa venganza. No me enteré de que salías con Cadwallader hasta que os pillé en el Darkness.

—No intentes despistarme. ¿Qué pasó con Lockwood? —insistió la chica—. ¿Reconoció que acababa de enrolarse en un barco pirata y que partía para los mares del Sur en tres días? ¿Tiene un inconfesable pasado como dentista? ¿Como abogado?

Agnes puso cara de estar a punto de lanzarle a la cabeza las poesías completas de Alfred Tennyson para que se callara. Más que apiadarse de la curiosidad de su amiga, comprendió que si no le contaba algo de lo ocurrido ya podía irse despidiendo del sueño reparador en el silencio nocturno de Franham.

—Casi cenamos juntos en casa de sus padres. Con Sioban y el señor Livingstone. Fue un desastre —claudicó la arqueóloga.

—¿Por qué? ¿El señor Livingstone recibió la visita de tres fantasmas?

—No, él interpretó ese papel.

—¿El del fantasma?

—El de los tres.

Agnes le contó a su amiga el equívoco de la cena y su fuga posterior.

—Nos hemos intercambiado números de teléfono, supongo que quedaremos cuando vuelva a Londres.

—¿Te regaló una visita nocturna por el British Museum y lo único que le diste tú a cambio fue el número de teléfono?

—Nos besamos.

—Eres perversa, Agnes Martí. —Jasmine percibió el brillo de tristeza en los ojos de su amiga—. ¿Tan malo fue?

—Fue perfecto —pronunció con un hilo de voz.

—Te entiendo, a mí también me hacen llorar los besos perfectos en el British Museum la noche de Navidad. No sé en qué está pensando ese hombre, sacarte a rastras de una cena horrible para jurarte su amor eterno frente a la momia de Ramsés II.

—Fue frente a los mármoles del Partenón y no me juró amor eterno.

—Pero cuando te besó dijo eso de «desde estas paredes cien mil siglos nos contemplan».

Agnes se rindió a la vena cómica de su amiga y movió la cabeza sonriendo. Jasmine estaba de buen humor y no iba a rendirse tan fácilmente por muchas evasivas que le diese.

—Cuéntamelo todo. ¿Fue un beso a lo *Casablanca* o más al estilo de *Lo que el viento se llevó*? No, no me lo digas, fue muy Tolkien, muy Arwen y Aragorn en el Partenón.

Agnes se rio y echó a Jasmine de la habitación, asegurándole que lo único que le ocurría es que estaba agotada y que necesitaba dormir después de tantas emociones.

—Buenas noches, arqueóloga.

—Buenas noches. —Agnes esperó hasta que su silueta se recortó en el umbral de la puerta para ocultar su sonrisa—. Jasmine.

—¿Qué?

—Fue como el de Anakin y Padme justo antes de salir a la arena en Geonosis.

—¿Porque John está a punto de pasarse al lado oscuro y a ti te quedaba genial el recogido Amidala que te hice para la entrega del Premio Scrooge?

Agnes negó en silencio, sus hermosos ojos castaños brillaron en la penumbra de la habitación.

—Porque fue un instante de rendición, oculto a los ojos del mundo, justo antes de volver a la arena.

17

Agnes se acostumbró a las plácidas rutinas de la campiña inglesa con pasmosa facilidad. Se levantaba tarde por las mañanas, echaba una mano en la casa —porque, por alguna misteriosa razón, sus anfitrionas no le dejaban trabajar en el jardín— o acompañaba a Jasmine a comprar al pueblo. Leía *Penélope y las doce criadas*, de Margaret Atwood, después de comer y dedicaba la mayor parte de la tarde, hasta la puesta de sol, a dar largos paseos en solitario por los hermosos paisajes del oeste de Surrey. Caminaba tranquila a través de los campos nevados, disfrutaba del aire frío llenando sus pulmones. Le parecía, cuando respiraba profundamente en la solitud del paisaje, que llevaba meses constreñida por la contaminación, pero también por el temor y la duda. No se había sentido tan libre desde sus veranos en Oxirrinco, cuando paseaba en calma por entre las silenciosas tumbas de reyes olvidados.

La amplitud del horizonte no tenía más fin que el consuelo de los altos árboles de hoja perenne mecidos por el viento del crepúsculo. Por doquier, pequeños vallados testimoniaban la presencia humana, pero no solía cruzarse con casi nadie durante sus largos paseos y la soledad le acentuaba la sensación de paz en el alma. Cuando sentía que la tristeza le ensombrecía el ánimo, prefería vagar por el bosquecillo de abedules y robles, velada por la nostalgia y el recuerdo impreciso de una Arwen camino de los Puertos Grises, perdida ya toda esperanza.

A menudo llegaba hasta el río Wey y contemplaba su curso menguado y tranquilo. En primavera, el deshielo volvería sus aguas bravas y teñiría de frescura las lindes verdísimas que ahora dormían bajo un suave manto de nieve y turba. A una milla del Wey, escondidas en uno de sus suaves recodos, Agnes había descubierto las ruinas de la abadía de Waverley. Sus arcos y columnas supervivientes, el espíritu de sus altos muros salpicados de hiedra trepadora y musgo databan del siglo XII. Había sido la primera construcción cisterciense de Inglaterra y la arqueóloga había leído respetables teorías sobre su importancia en la línea de defensa británica durante la Segunda Guerra Mundial. Poco quedaba de su grandeza y, aun así, la nostalgia de sus restos impregnaba el paraje de romanticismo, de silencioso misterio. No se le ocurría un lugar mejor donde hallar refugio para sus pensamientos y acallar los acelerados latidos de su corazón cada vez que el recuerdo de John Lockwood le alteraba el pulso.

Pensativa entre las ruinas de una abadía cisterciense, caminando con la ligereza de sus pies de ninfa, Agnes parecía más que nunca el hada que el señor Livingstone siempre había sospechado que era. Sus cabellos mecidos por el viento, la larga bufanda blanca ondeando, el grácil cuerpo casi suspendido a un palmo del suelo por sus pasos suaves entre las columnas derrumbadas, bajo los eternos arcos ojivales de otro siglo.

Agnes volvía a casa con los ojos llenos de luz y la melancolía pisándole los talones. Se deshacía de sus capas de abrigo y se colaba en la cocina con cuidado de no tropezarse con nadie. Se preparaba una tetera y se instalaba frente a la única pared de cristal de la casa, en una de las sillas de mimbre de la tía Prue, arropada por una suave manta de punto, con su taza de té entre las manos y la mirada perdida en el jardín dormido. Le encantaba aquel muro transparente que tanto desentonaba con el estilo clásico de paredes de piedra de la cocina. Le parecía como si un arquitecto veinteañero de Candem hubiese pasado por el pequeño cottage rosa para intentar integrar su arquitectura en la naturaleza colindante, pero se hubiese quedado a medias. La calidez de la cocina, sus aromas hogareños y el crepitar constante de la chimenea siempre encendida durante el día contrastaban agradablemente con la ajardinada intemperie del otro lado del cristal.

—Un penique por tus pensamientos—le dijo Jasmine un anochecer en el que la encontró así instalada.

Agnes guardó silencio y le acercó otra silla de mimbre. Su amiga aceptó la invitación, se sirvió una taza de té y se sentó a su lado, también de cara al jardín.

—Hay un cuadro, en el Victoria and Albert Museum, de Frances Danby... Creo que se llama *El desconsuelo*. —Jasmine dio un sorbo a su té y desplegó la manta de las rodillas de Agnes para que tapara a las dos—. Si no fuese imposible, al carecer de una máquina del tiempo, juraría que Danby se inspiró en ti mirando este jardín. No entiendo tu tristeza —dijo en voz baja— ni tus reservas.

—Cobardía, miedo.

—Has cruzado tú sola medio continente para buscarte la vida, no creo que eso te convierta en una cobarde.

—No soy valiente.

Jasmine dio otro sorbo al té y volvió a perder la mirada en el jardín de su abuela.

—Te gusta esta pared de cristal —reflexionó en voz alta—. No tiene nada que ver con el resto de la cocina o de la casa, pero...

—Es perfecta.

—Pues es producto de un desastre. El tío Robert era muy aficionado a jugar al billar, pero la tía Prue no quería ver ni en pintura una de esas enormes mesas rayando sus suelos de madera, así que Robert se las ingenió para convencer a su esposa de que le dejase construirse una habitación de juegos privada solo para él y su billar. El tío no era precisamente un entendido en arquitectura, ni siquiera en el bricolaje, pero tampoco estaba dispuesto a pagar a nadie por sus debilidades lúdicas. No conozco todos los detalles, pero sí sé que apenas había empezado las obras de ampliación cuando se cayó toda la pared este de la cocina.

Agnes lanzó una exclamación de sorpresa.

—Sí, esta pared. Un desastre. El tío Robert no solo iba a quedarse sin sala de juegos, sino también sin ahorros. El arquitecto les dijo que necesitaba reforzar todos los cimientos de la casa y apuntalar el muro norte, además de reconstruir la pared.

—¿Y qué pasó?

—Decidió que ningún arquitecto londinense iba a decirle lo que podía o no hacer en su casa. Llamó a un amigo que trabajaba en contratas públicas y le preguntó si le había sobrado algún material aislante de la última obra. Su amigo le dijo que en las últimas semanas solo había estado reparando The Shard of Glass, pero que podía hacerle un buen precio.

—¡No!

—Sí. —Se rio Jasmine—. Esa pared que te parece tan romántica, como un poema a la naturaleza de Keats, no es más que los restos de serie del rascacielos más futurista de Europa.

—Esta cocina, este jardín... no podían ser más diferentes que el corazón de acero y cristal de la City londinense.

Jasmine asintió buscando la mirada de su amiga.

—Que cayese la pared de la cocina fue un desastre. Pero estuvo en la mano del tío Robert convertirlo en algo hermoso. Podría haber sucumbido al miedo y al desánimo, pero no lo hizo; podría haberse conformado con pensar que la casa se caería y deprimirse por su osadía y la pérdida de los ahorros de su vida.

—Si la vida te da limones... —comentó Agnes—. Fue valiente.

—Ser valiente es no rendirte, seguir adelante aunque estés muerto de miedo.

—No sé cómo dejar entrar a John en mi vida —confesó finalmente Agnes—. Hace tanto tiempo que no bajo las defensas, que no comparto mi vida y mi intimidad, que tengo miedo de haber olvidado cómo se hace. Después de un siglo viviendo tras las murallas y el foso, temo ser incapaz de abrirme a nadie. Y, en el caso de que eso sucediera, me asusta la devastación que pudiera dejar a su paso.

—¿Por qué dices eso?

—Porque John Lockwood es el único capaz de hacer pedazos cada una de mis defensas. Porque ha decidido que así sea y ya no puedo resistirme a su asedio. Porque firmo mi rendición en cada uno de sus besos. Pero sobre todo —cuando se giró hacia Jasmine ya no le temblaba la voz— porque no podría perdonarme romper el corazón de un hombre bueno.

—Todo saldrá bien. —Jasmine la cogió de la mano y juntas contemplaron el reflejo pálido de la luna llena sobre el jardín. Un hermoso plenilunio invernal—. Pero aunque no fuese así, aunque se derrumbase tu vida entera, como lo hizo el muro de esta cocina, quiero que recuerdes que incluso de entre las ruinas del mayor de los desastres pueden nacer arquitecturas tan extraordinarias como esta.

John Lockwood dijo que llegaría a las cuatro, pero a las tres ya estaba llamando a la puerta de la pequeña casa rosa. Por culpa de su anticipación, no se encontró precisamente con la bienvenida que esperaba. Un gigante pelirrojo con cara de malas pulgas ocupaba todo el dintel de la puerta y no le invitaba a pasar.

—Soy el inspector Lockwood —se le escapó a John. Intimidado, había recurrido a la fórmula oficial.

—Bien. —Asintió R. Cadwallader.

—Nos conocimos en Londres, en la estación de Waterloo.

—Sí.

—Me gustaría hablar con Agnes.

—¿Quién es, querido? —Milly se asomó curiosa arrastrando por el entarimado de madera oscura el larguísimo vestido color lavanda que llevaba ese día—. ¡Oooooh! —exclamó al ver a John. Se quitó las gafas y las limpió cuidadosamente con la manga antes de volvérselas a poner y comprobar que su vista no le había engañado.

—Será el nuevo jardinero —se animó Prue haciéndose un

hueco entre Cadwallader y su hermana—. Especifiqué a la agencia que lo enviaran antes de que acabasen las vaca... Oooooh.

—Nunca habíamos tenido uno tan guapo —se le escapó a Milly.

—Como si eso tuviese algo que ver para acertar con el abono de las hortensias —se quejó su hermana.

—Buenas tardes, joven. Pase, pase. Ahora mismo nos lo explicará todo. Pero no aquí fuera, que hace frío.

—Con una taza de té, frente a la chimenea.

—Y nos lo explica.

—¿El qué? —acertó a preguntar John.

—Pues ¿qué va a ser? Lo del abono.

—El abono... ¿al teatro? —John miró a R. Cadwallader en busca de ayuda. Había leído en alguna parte que los guerreros galeses tenían cierto código de honor que les obligaba a asistir a los viajeros en apuros. O algo similar.

—El abono para las hortensias —le echó un cable el cocinero del Darkness & Shadow, quizás recordando las costumbres de sus antepasados o tal vez porque estaba empezando a darle pena el inspector.

—Guapo pero tonto. —Suspiró Prue—. Lo veía venir.

—No me estás ayudando —se quejó el policía a Cadwallader—. Señoras, no soy el nuevo jardinero.

—Qué tontería. ¿Por qué iba a decir que era el jardinero si luego no lo es?

—Es que no lo he dicho.

—Y si no es el jardinero, ¿por qué le ha enviado la agencia? —se extrañó Milly.

—No me ha enviado ninguna agencia.

—Es policía —aclaró Cadwallader.

—¿Se han equivocado? —insistió la anciana. De repente cayó en la cuenta de la situación—. Prue, hemos cometido alguna irregularidad.

—Ya te dije que no fue buena idea echar al jardinero de la semana pasada, tenía cara de conocer un montón de argucias legales.

—No estoy de servicio.

—Ah, eso lo explicaría todo —se animaron sus anfitrionas—. En su tiempo libre se dedica a la jardinería.

—¡Agnes Martí! —gritó Lockwood dando un paso atrás en el umbral de la puerta—. ¡Scotland Yard!

—¿Ha venido a detenerla? —se maravilló Milly con los ojos brillantes por la emoción tras sus gafas violetas.

—Si se ha metido en un lío, ahora está en nuestra casa y se acoge a sagrado —repuso muy seria Prue.

—Eso es para las iglesias... y es un reglamento del siglo diecinueve —masculló John.

Entonces apareció el hada, vestida con un jersey blanco de cuello alto, largo hasta las rodillas, el cabello suelto sobre los hombros, descalza con unos calcetines de lana verde manzana y con las mejillas arreboladas por haber estado cerca del fuego del hogar. Su sonrisa iluminó el mismo cielo y salvó al inspector Lockwood de la desesperación más absoluta.

—¿Qué quiere Scotland Yard? —preguntó, clavando sus ojos en los de John.

—Ayuda —dijo él, la voz súbitamente ronca, el pulso acelerado y la mirada firme en los ojos castaños más hermosos del universo.

Caminaban apresurados, dejando sus huellas sobre la nieve, bajo un cielo teñido de rojos y naranjas, de luz decreciente y promesas nuevas.

—Parecías un poco intimidado por R. Cadwallader.

Unas nubecillas blancas bailaban al son de las palabras de Agnes. Apresuró el paso para acompasarse al de John.

—¿Solo un poco?

Ella soltó una carcajada y el policía aprovechó para cogerla de la mano enguantada. La miró, sonriente, y le pareció como si los días en el campo hubiesen acentuado ese aire tan suyo de estar a punto de echar a volar.

—Pensaba que ibas armado.

—No estoy de servicio, pero además ese hombre es capaz de intimidar a un tanque.

—¿Te ha costado encontrar la casa?

—Bastante. Pero en cuanto he apagado el GPS la he hallado enseguida. ¿Dónde vamos con tanta prisa?

—Ahora lo verás —le contestó Agnes sin desvelar el misterio mientras cruzaban el Wey por un puentecillo de piedra que había conocido mejores tiempos allá por la época del Muro de Adriano—. ¿Qué era tan urgente que no podía esperar a que regresara a Londres?

John se detuvo al otro lado del río y la besó con delicadeza.

—Esto —susurró contra sus labios—. Y un mensaje del señor Livingstone —añadió con falso fastidio.

Agnes le instó a caminar unos metros más, hasta un banco de madera en medio de ninguna parte. Pero cuando John se sentó, le conmovió la impresionante vista más allá de las colinas. Distintas tonalidades de verde, dibujadas por la geometría de los cultivos, salpicadas de ovejas blancas, se fundían en el horizonte bajo la luz menguante de la tarde. Un descanso para los sentidos.

John recuperó el aliento y le tendió su teléfono a Agnes. De repente le pesaban las manos y le costaba mirarla.

—Edward me pidió que te dijera que tienes que llamar a este número. Él mismo lo puso en la memoria.

—¿Ahora?

Él asintió.

—Pregunta por Alice Shawn. Dile quién eres y ella te lo contará.

—¿Tú sabes qué va a decirme?

—Llama —dijo el inspector Lockwood con expresión indescifrable.

John guardó silencio durante todo el tiempo que duró la conversación, las manos enterradas en los bolsillos y la vista clavada en el verde paisaje. Cuando ella puso fin a la llamada, se produjo una extraña pausa en el transcurrir del tiempo, de la vida misma. Aunque Lockwood no creía en el destino, le pareció escuchar, por debajo del rumor del viento entre los árboles cercanos, como si los engranajes que ajustaban el suyo estuviesen saldando una larga cuenta con los hados.

—Alice Shawn acaba de ofrecerme un trabajo de conservadora de la colección egipcia en el Ashmolean Museum. Leyeron en mi currículo que había estado en las excavaciones en Oxirrinco, llamaron a mi profesor, el doctor Padró, y él me recomendó para el puesto. El Ashmolean y la Universitat de Barcelona formaron parte del mismo equipo de investigadores en un proyecto común hace unos años. Debo superar un par de entrevistas, pero dice que soy la candidata más adecuada para el puesto y que se juega el suyo si no me contratan en un par de semanas.

—Felicidades.

Agnes abrazó a John con fuerza. Tenía ganas de reír, de bailar, de cantar. Podría haber echado a volar en ese preciso instante. Solo la presencia de aquel hombre bueno la mantenía en tierra. Notó como si la enorme piedra bajo la que se constreñían todos sus sentimientos se desprendiese y rodase colina abajo. La invadió un placentero alivio, una sensación de levedad y alegría. Y la certeza de que estaba enamorada de John Lockwood.

—Gracias.

—¿Es lo que deseabas?

—Lo es. Por eso vine a Londres. Es una gran oportunidad.

Esta vez fue John quien la abrazó. La mantuvo casi un minuto apretada contra su corazón. Cuando se separaron, le pareció que la sonrisa de Agnes contenía toda la luz del mundo.

—¿El Ashmolean queda muy lejos? —susurró el inspector Lockwood con el miedo en el azul de sus ojos—. ¿El puesto requiere viajar a menudo y durante largos períodos de tiempo?

—El museo está en Oxford. Y me temo que poco voy a salir de las oficinas y el taller de restauración.

John soltó una maldición entre dientes.

—El señor Livingstone me dio a entender que la oferta de trabajo era una especie de peligrosa expedición a las zonas inhabitadas de Dinamarca. Dijo algo sobre cazar troles.

—Acabas de decir que te alegras por mí.

—Sí.

—¿Te alegrabas de que me fuese a cazar troles a remotas tierras danesas?

—Tenía mis reservas, pero si es eso lo que te hace feliz...

—John, el Ashmolean está en Oxford y lo más peligroso que puede pasarte si vas hasta allí a pasar el fin de semana conmigo es que tengas que esquivar al Lily Christine del profesor Fen.

—¿Nada de troles?

—Ni un solo trol.

—¿Ni de estepas danesas deshabitadas?

—Solo Oxford, sus agujas soñadoras y el recuerdo de los Inklings.

—Has dicho si voy hasta allí a pasar el fin de semana contigo.

—Sí.

Y, por primera vez desde que John había dado ese paso en el British Museum, fue Agnes quien le besó.

—Hubiese ido hasta Dinamarca —aseguró Lockwood cuando sus labios se separaron.

—No sabes nada sobre troles.

—Tú me hubieses salvado —le dijo todavía inclinado sobre ella, tan cerca que podía contar cada una de las pecas que formaban la delicada constelación de su nariz—. Tú me has salvado.

—¿De qué tendría que salvarte una librera descalza, John Lockwood? —susurró Agnes consciente del hoyuelo escondido en la comisura de sus labios.

—Del ruido y la furia.

Puede que el resto de Inglaterra se preparase para pasar otra noche con temperaturas bajo cero, pero para ellos el frío era algo que había quedado relegado al recuerdo de un tiempo en el que todavía no caminaban de la mano, respirando al unísono el amable silencio de la campiña, el viento invernal y el aroma de los abedules recién talados para alimentar las chimeneas vecinales. Durante el camino de regreso al pequeño cottage, John había vuelto a pensar en el temible guardián galés de su puerta y sus compinches, tormento de miríadas de incautos jardineros.

—Pero ¿es esto real? ¿O no es más que un sueño? —interrumpió Agnes sus pensamientos.

Le habló de los muchos currículos que había enviado al principio de llegar a Londres, las entrevistas, el cansancio, el esfuerzo y, finalmente, la desesperación y la derrota. Le parecía mentira que por fin pudiese tener a su alcance el proyecto profesional que siempre había anhelado.

—No es ningún sueño —la tranquilizó John—. Y a riesgo de volver a ser confundido con el jardinero, te diré que se cumple eso de «siembra y recogerás».

—Temo que esto no sea más que una de esas novelas *feelgood* que lee Jasmine, donde siempre hay un final feliz porque ¿de qué otra forma podría compensarse a los lectores por todos los problemas y las malas noticias con los que lidian a diario fuera de sus libros?

—Entonces no me importa si esto es ficción. Siempre que no te vayas a Dinamarca.

A lo lejos, la pequeña casa rosa refulgía en la oscuridad,

todas sus ventanas inferiores alegremente iluminadas, como un faro terrestre en la noche, guía para todos los peregrinos perdidos. Agnes se detuvo un momento, estrechó las manos de John y le miró confiada y sonriente.

—Inspector Lockwood, es un honor tenerle a mi lado. Elegiría su compañía incluso en una expedición de caza de troles.

18

El jueves, día de los sucesos imprevistos en Moonlight Books, Oliver Twist entró en la librería con un cachorro de labrador de color canela. Niño y perro iban unidos por los lazos invisibles del amor incondicional que solo puede darse entre un ser humano decente de ocho años y una bola de pelo feliz.

—No —dijo el señor Livingstone en cuanto les vio cruzar la puerta de su tienda.

—Usted dijo que podía traer a un amigo.

—Eso es un perro.

—También es mi amigo.

El aludido movió alegremente el rabo y se lanzó a mordisquear con entusiasmo los bajos del pantalón del librero. Edward se apresuró a levantarlo con una sola mano, inspeccionó al sujeto jadeante con mirada crítica por encima de las gafas y se lo devolvió a su dueño.

—Es peludo, camina sobre cuatro patas y babea libros —sentenció.

—No especificó el número de patas cuando me dijo que podía traer amigos —se defendió Oliver, volviendo a poner en el suelo al cachorro—. Y Liv no come libros.

—¿Has llamado Liv a tu perro?

—Es la abreviatura de señor Livingstone.

—Eres el niño más descarado del hemisferio, Oliver Twist.

—Soy el único niño que conoce en todo el planeta Tierra.

—Se debe a que siempre dejo para después lo de conocer a los niños. Es un asunto tan trabajoso que lo voy postergando y postergando, tanto, que cuando me decido a conocerles ya se han convertido en adultos.

—¿No se alegra de que yo le haya ahorrado la molestia viniendo a su librería?

—Estoy loco de contento —pronunció el librero con absoluta seriedad.

—No lo parece.

—Será porque intentas entrar con un perro en mi tienda.

—¡Bah! Déjelo subir de una vez —se quejó el escritor residente malhumorado—. No hay quien trabaje con tanta conversación.

—Me gustaba más cuando no tenía diálogo —le confesó el señor Livingstone a Oliver en voz muy baja.

Fue hacia la trastienda murmurando algo sobre el exilio del escritor al Starbucks del Embankment, la maldita lamparilla azul y la perentoria necesidad de otra taza de té, y Oliver se apresuró a interpretar su fuga como un permiso implícito para subir al piso superior con Liv.

Cuando el señor Livingstone salió con los catálogos editoriales del trimestre, un par de personas pululaban entre las estanterías curioseando libros. Se instaló tras el mostrador y esperó paciente a que llegasen las preguntas de las hordas bárbaras, como no tardó en ocurrir.

—Voy a llevarme este para mi sobrino —dijo un treintañero despeinado, poniendo en manos de Edward un ejemplar de *Cuentos extraños para niños peculiares*, de Ransom Riggs—. La primera parte le gustó.

—Este es un libro de relatos —le advirtió el señor Livingstone—. No tiene primera parte. Ni segunda.

—Sí la tiene, le acompañé al cine a verla y la protagonizaba Eva Green.

—Se refiere a *El hogar de miss Peregrine para niños peculiares*, del mismo autor.

—Esa.

—La segunda parte es *La ciudad desolada*.

—Pero en este libro también aparecen los dichosos niños peculiares.

—Supongo —concedió el señor Livingstone, que empezaba a estar harto de la absurda conversación—, pero son relatos independientes sobre el universo creado por Riggs.

—Creo que no le gustan los cuentos.

—¿A Riggs?

—A mi sobrino.

—Entonces dudo que disfrute de este libro.

—Pero como es la segunda parte...

—No lo es —insistió el señor Livingstone con el ceño fruncido por el enfado.

—¿Cree que pueden leerse de manera independiente? Porque estaba pensando...

—Permítame que lo dude.

—Ah, entonces hay que leer antes el primero.

—Me refería a su última observación, la de que estaba pensando.

—Ah, ya veo, es usted uno de esos libreros.

—¿Desalmados?

—Tenga —intervino Agnes Martí ofreciéndole al cliente un ejemplar de *La ciudad desolada*. El señor Livingstone no la había visto entrar en la librería, concentrado como estaba en darle la réplica al recalcitrante tío del niño peculiar; debía de haber llegado hacía muy poco pues todavía llevaba puesto su largo abrigo gris y sus mejillas estaban sonrosadas por el cambio de temperatura con respecto al exterior—. Este le gustará más.

—Ajá, a eso me refería. Muchas gracias, señorita. Da gusto encontrar libreras como usted.

Agnes le cobró el libro, se lo envolvió para regalo y esperó a que saliera de la tienda para quitarse el abrigo, la bufanda y los zapatos. Con el rabillo del ojo vigilaba a Edward, que se había retirado, en silencio y enfurruñado, al fondo de la librería, donde una muchacha bajita seguía mirando las estanterías como si fuesen su peor enemigo.

—¿Puedo ayudarle a decidirse?

No era costumbre del señor Livingstone hablar con los clientes si ellos no se dirigían a él primero, pero a Agnes le dio la sensación de que su intervención con el tío peculiar le había molestado de alguna manera e intentaba demostrarle que era perfectamente capaz de vérselas con los visitantes más difíciles.

—No, no pienso comprar ni uno de esos libros —le contestó la aludida—. No me gusta leer.

El señor Livingstone demostró su desconcierto elevando una sola ceja.

—He entrado por la calefacción. Hoy hace un frío tremendo.

—¿Le apetece un té? —le preguntó Agnes a Edward para evitar la réplica mordaz que seguramente tenía en la punta de la lengua.

—Sí, gracias —contestó la chica bajita que odiaba los libros.

Agnes se fijó en la vena que había empezado a palpitarle al librero bajo el ojo izquierdo y se apresuró a tomarle suavemente por el codo para que le acompañase hacia el rincón de los románticos. Cuando volvió, con té para dos y sendas porciones de bizcocho de chocolate y crema inglesa, el señor Livingstone parecía algo más relajado en su sillón morado de grandes orejas.

—Hola —le dijo lacónico—. No voy a preguntarle cómo ha sido su estancia en la bucólica campiña inglesa porque se la ve radiante.

—Gracias.

—¿Recibió mi mensaje?

—Y a su mensajero. —Agnes se puso colorada y al señor Livingstone se le escapó un suspiro.

—¿Cuándo se marcha?

—Alice me dijo que me llamaría la semana que viene para informarme sobre la fecha de la primera entrevista.

—Me refería a cuándo tenía pensado dejar Moonlight Books.

Se miraron en silencio. Al señor Livingstone se le olvidó la cita literaria que estaba a punto de pronunciar en voz alta; en los ojos de Agnes asomaba una tristeza infinita. Aunque hubiese querido responder «nunca», aunó fuerzas y susurró con un hilo de voz:

—Si a usted le parece bien, esperaré hasta que tenga una oferta en firme.

—Quédese todo el tiempo que desee —dijo Edward antes

de dar un reconfortante sorbo a su taza de té—. Oxford puede esperar.

—¿Por qué le dijo a John que me iba a Dinamarca a cazar troles?

—Fue una lamentable confusión. Le comenté que acababa de recibir una nueva edición de *Crónica de una cacería de troles*, de James McBryde, y él mostró interés por...

—Señor Livingstone.

—Caí en la tentación de hacerle sufrir un poquito —confesó el librero con un brillo travieso en la mirada. Se había olvidado de Oliver y su perro, del escritor residente, del tío peculiar y de la chica de la calefacción. Esa era la magia de las hadas en Moonlight Books.

—También me dijo que el diario del doctor David Livingstone había sido devuelto a su lugar.

—Yo lo cogí —confesó Oliver, irrumpiendo en el rincón de los románticos precedido por su nuevo amigo. Abrazó a Agnes con una naturalidad que tuvo el don de conmover a la arqueóloga y le presentó al pequeño labrador—: Este es Liv.

Edward chasqueó la lengua con desaprobación mientras Agnes alborotaba el pelo de ambas criaturas.

—Hacéis que me sienta como si estuviese en una novela de Enid Blyton —se quejó.

—Uy, sé a lo que se refiere, Jasmine me obligó a leer *El olvidado arte de guardar secretos*, de Eva Rice.

—La inusual tendencia de su amiga a la ternura más insoportable me tiene subyugado.

—El mundo sería un lugar mejor si no nos avergonzáramos de tener días entrañables.

—¿Qué es entrañable? —preguntó Twist mientras daba cuenta del trozo de pastel de chocolate que Agnes había compartido con él.

—Tú.

—No confunda al futuro explorador espacial con definiciones inexactas —la riñó el señor Livingstone—. Ha traído un perro a mi librería, se está zampando su pastel y confundió al inspector Lockwood con sus dotes de cerrajero youtuber. Eso no es nada entrañable para un niño de ocho años.

—¿Por qué no le dijo a John que el diario lo había tomado prestado Oliver?

—Porque era un secreto entre caballeros.

—Y porque nos gustaba tener al inspector en la librería —confesó el niño—. Daba un poco de miedo, como esa historia de *Los imaginarios* que me estás leyendo.

—A Agnes también le daba miedo el inspector Lockwood. Creía que iba a comérsela —le guiñó un ojo el señor Livingstone.

—Pensé que iba a arrestarme por robar el diario.

—Todos sabemos que el índice de criminalidad entre las licenciadas en Arqueología no hace más que aumentar. Las estadísticas más recientes apuntan...

—Cuénteme qué pasó con el diario —le interrumpió Agnes.

—Antes dígame de qué tenía miedo. Pero ahórrese la excusa de la detención policial.

—Era un temor justificado.

—¿De qué tenía miedo, Agnes? ¿Por qué la asustaba la posibilidad de enamorarse de John Lockwood?

—¿Qué le hacía pensar eso?

—Una observación muy inteligente de Sioban.

—Creí que solo estaba de paso en Londres.

El señor Livingstone llenó su taza de té y la miró por encima de las gafas con el ceño fruncido. Oliver, que esperaba que Agnes le leyese algo más del libro de Harrold, se limpió los últimos restos de pastel de chocolate en la manga de su jersey y se instaló cómodamente a esperar a los pies del hada descalza. Apoyó la delgada espalda en las piernas de la chica y acogió a Liv en su regazo. Estaba tan a gusto y calentito que no tardó en dar cabezadas como un anciano frente a la chimenea.

—Muy bonito —sentenció Edward después de considerar su respuesta—. Pensaba abandonarnos a todos a la primera dificultad que se presentase.

—No es eso, pero hay personas que necesitan más tiempo para abrir su corazón.

—¿Como si fuese una ostra?

—Como si fuese un ser humano atribulado lejos de su hogar.

—El hogar es el lugar donde guardamos los libros. Sir Richard F. Burton.

Agnes disfrutó del liviano peso de Twist en sus pies, de la tranquila tarde en Moonlight Books pasadas las ajetreadas compras navideñas, del aroma del earl grey y del chocolate. Se reclinó en su asiento, suspiró feliz y miró al recalcitrante librero con la sonrisa bailándole en los ojos.

—¿Qué va a hacer en abril? —le preguntó el señor Livingstone compartiendo el momento de paz con su arqueóloga prestada.

—Leer.

—Es por respuestas como esa por las que se ha convertido en una de mis personas favoritas en el mundo.

—Usted me ha contagiado.

—En abril debe estar de vuelta en Londres; tiene que asistir sin falta a mi boda.

—¡Oh, señor Livingstone! Mi más sentida enhorabuena. ¿Cómo...?

—Nochebuena. Cuando salimos huyendo de la espantosa casa de sus futuros padres políticos. Me lo pidió Sioban —añadió orgulloso el librero—, en Kensington Gardens.

—Me alegro muchísimo.

—No esté tan segura.

—¿Por qué?

—Porque voy a pedirle que sea mi padrina.

La tarde transcurrió apacible. Pocos clientes se aventuraban a desafiar la nieve en busca de un buen libro. Como si se tratase de una metáfora de la vida, la mayoría de las personas carecían del valor necesario para salir a la intemperie en busca de aventura cuando en casa tenían calefacción y tele. El hogar de un inglés es su castillo, aunque carezca de biblioteca.

Agnes disfrutó del té con el señor Livingstone, leyó a Oliver y a Liv algunas páginas de *Los imaginarios* y de *Cuentos por teléfono*, de Gianni Rodari, repuso las colecciones de clásicos que habían sido expoliadas durante las fiestas —Edward tenía la teoría de que nadie sabía qué regalarle al abuelito en Navidades hasta que una búsqueda en Google asociaba las palabras «viejos» y «clásicos»—, ordenó las estanterías y se esforzó por mantener en la memoria cada detalle de aquel lugar que la había acogido cuando más perdida se hallaba. Los suelos de madera —que crujían agradablemente bajo sus pasos descalzos—, la hermosa escalera de hierro forjado con sus volutas vegetales, la cúpula semienterrada en la nieve, las risas de Oliver Twist en la sección de Historia —ya nunca más solo al amparo de su telescopio—, el teclear suave del escritor residente, centenares de libros esperando pacientes a ser descubiertos por los lectores, la mesa de los ilustrados del señor Livingstone, la vitrina con el diario reaparecido...

Cuando Roberta Twist pasó a buscar a su hijo y les deseó feliz año nuevo, dejando boquiabierto al señor Livingstone, este decidió que ya había tenido suficiente para un solo día.

Despidió al niño y a su homónimo peludo desde la puerta, giró el cartel de CERRADO —que finalmente había decidido conservar pese a su decepcionante ineficacia en el pasado— y le recordó a Agnes que era hora de que volviese a Imladris.

—O dondequiera que residan las hadas —gruñó con la pipa entre los dientes.

—Me gustaría quedarme para siempre. Este es el único lugar en el que me siento a salvo del mundo.

—Le recuerdo que fue aquí donde la encontró John Lockwood.

Agnes sonrió. Se puso los zapatos, el abrigo, los guantes y la bufanda, y paseó la nostalgia de su mirada por la hermosa librería de suelos de madera y escalera de caracol.

—Aquí todo es posible.

—Encontrará su camino, Agnes. Lo tiene bajo sus pies.

El librero adivinó sus intenciones y la detuvo con un gesto. No estaba seguro de poder mantener su célebre fachada imperturbable si el hada se empeñaba en abrazarlo.

—Durante toda mi vida he estado buscando un lugar como este. Un lugar donde ser yo misma y salir, sin temor alguno, al encuentro de la felicidad.

Se ajustó la bufanda azul de John alrededor del cuello y se despidió con lágrimas en los ojos.

—Hasta mañana, señor Livingstone.

Se preguntó cuántos días más tendría el privilegio de pronunciar esas mismas palabras y salió a la calle sin mirar atrás.

Apenas había dado media docena de pasos cuando escuchó la voz del librero a sus espaldas:

—Agnes.

Edward había salido de Moonlight Books. Allí quieto, en medio de la acera, bajo la suave luz de las antiguas farolas del Temple, en mangas de camisa, con su chaleco gris y la cadena de su reloj de bolsillo dibujando una sonrisa pequeñita. Agnes, que se había vuelto hacia él al escuchar que la llamaba, quiso guardarlo justo así para siempre en su memoria, pues no se le ocurría una imagen más cercana al verdadero carácter del librero que esa estampa taciturna y sobria del *gentleman* victoriano. Los primeros copos de la noche empezaron a caer, suaves, perezosos, sobre sus cabezas.

—Agnes —repitió Edward Livingstone—, el lugar que busca no está aquí —hizo una pausa y le dedicó una de sus singulares sonrisas—, sino en su corazón.

Y esta vez sí, desoyendo cualquier protesta que pudiese haber pronunciado, la chica deshizo el camino que había emprendido, a través del aire moteado de blanco, se plantó frente al librero y le abrazó tan fuerte como supo.

Epílogo

Era un día claro de primavera cuando Agnes Martí puso la mano derecha sobre la pluma del picaporte de Moonlight Books y empujó la puerta para entrar. Hacía un par de meses desde la última vez que había estado allí pero, en cuanto percibió el olor de los libros nuevos y sintió la madera de sus suelos bajo los pies, fue como si no se hubiese marchado nunca.

—¡La librería está cerrada! Ah, es usted —sonrió Caldecott pareciéndose más que nunca a Mr. Magoo—. Llega en el peor de los momentos, Edward no para de citar a Tucídides.

Agnes prefirió no decirle al viejo sastre que, en buen o mal momento, había sido invitada al enlace y tenía intención de acompañar al novio hasta el altar. Caldecott parecía abrumado dando vueltas por la librería sin ningún destino en particular, como si fuesen tantas las tareas pendientes que no encontrase por cuál de ellas comenzar.

Oliver bajó las escaleras corriendo y se lanzó a sus brazos.

—Pero ¡qué guapísimo estás! —exclamó Agnes después de estrechar y besar al pequeño astronauta.

—Se llama traje de semilevita —le informó el niño—. El señor Caldecott me lo ha prestado. Dice que lo llevó un ruso misterioso cuando era pequeño.

—El zar Nicolás II, de los Romanov —apuntó el sastre desde la estantería de los Dickens y los Twain.

—Olía como si se lo hubiese puesto durante un partido de críquet en verano —le confesó Oliver en voz baja—, pero mamá lo llevó a la tintorería y ahora no está mal.

—¿Dónde está el señor Livingstone?

—Clara lo ha sacado a dar un paseo.

—¿Estaba nervioso?

—No, tenía que hacer pis.

Agnes le miró desconcertada.

—Se refiere al perro —le aclaró el señor Livingstone original plantándose entre los dos y ajustándole la corbata a Twist.

—Ya lo sabía —mintió Agnes.

—¿Qué hace aquí?

—Soy su padrina.

—¿Y ha traído las pistolas?

—Se me han olvidado.

—Al igual que llegar hasta la iglesia del Temple —dedujo el señor Livingstone mirándola con sus ojillos azules por encima de las gafas.

Estuvo a punto de sonreír cuando Agnes tuvo la delicadeza de asentir y encoger los hombros con aspecto contrito. Edward contempló a su exaprendiz de librera y le pareció tan bella como siempre. Llevaba el pelo recogido en un alto moño y lucía magníficamente un larguísimo vestido azul celeste con escote palabra de honor y tirantes caídos de seda. Cuando se movía, el vestido susurraba a su alrededor y acariciaba con solemnidad la antigua madera de los suelos de la librería.

—Si no sospechase de su debilidad por la Revolución francesa —dijo el señor Livingstone arreglándoselas para recordarle con un mohín lo mucho que le disgustaba todo lo francés—, le diría que hoy me parece hermosa como una joven reina.

—Gracias.

El librero consultó su reloj de bolsillo, en una imitación bastante aceptable del Conejo Blanco de *Alicia en el País de las Maravillas*, e instó a Agnes para que le acompañase.

—Tenemos tiempo de una taza de té —sentenció con seriedad.

Puso cuatro copas de champán sobre el mostrador, abrió una botella de Moët & Chandon y sirvió el espumoso y dorado líquido. La cuarta copa la llenó con agua de Vichy y se la ofreció a Oliver. Esperó a que Caldecott terminase con sus imaginarias tareas urgentes, le llamó al orden y brindaron con la solemnidad que la ocasión requería.

—Recordad que el secreto de la felicidad está en la libertad y el secreto de la libertad, en el coraje —citó el señor Livingstone con su copa en alto.

—Se lo advertí. —Suspiró el sastre—. Tucídides durante toda la mañana.

—Por la felicidad, la libertad y el coraje. —Asintió Agnes antes de beber de su copa.

—¿Qué buenas nuevas me trae de Oxford, portadora del anillo? —le preguntó el librero después de saborear las burbujas.

—Hace que me sienta como Frodo.

—¿Por el anillo? Es usted mi padrina.

—Por Oxford. —Le guiñó un ojo Agnes a su antiguo patrón—. No hay nuevas, solo las antigüedades de siempre, a buen recaudo en el Ashmolean.

—Circunstancia que me parece de lo más tranquilizadora.

—No crea, los oxonienses no piensan lo mismo.

—Eso se debe a que han recibido la visita del inspector Lockwood.

—Oh, sí. —Se rio Agnes—. No le quepa duda.

—Bien, me rompería el corazón que no viniese a mi boda.

Agnes le estaba explicando que John se había ofrecido a recoger a Sioban y llevarla hasta la iglesia en su coche cuando un pequeño torbellino de rizos violetas, vestido floreado y pantuflas, rebasó la —a esas alturas— desesperada defensa de Charlie Caldecott y les interrumpió.

—¡Señor Livingstone!

—¡Señora Dresden!

—¿Por qué está tan elegante?

—¿No puede un librero recibir a sus clientes como se merecen?

—Va a casarse dentro de unos cuarenta minutos, señora Dresden —interrumpió el sastre, poniendo los ojos en blanco.

Empezaba a comprender a Edward cada vez que se quejaba de la invisibilidad del letrero de cerrado, que seguía colgado, bien visible, en la puerta de la tienda.

—¿Y qué hace todavía en la librería? ¿No debería estar camino de la iglesia, del ayuntamiento o de un bosque cerca de Atenas como en *Sueño de una noche de verano*?

—La iglesia no está muy lejos..., creo —balbució Agnes.

El señor Livingstone la fulminó con la mirada.

—Ah, entonces tengo tiempo de llevarme algo para leer este fin de semana —dijo la señora antes de desaparecer escaleras arriba con un alegre trote de sus rizos violetas.

En esos momentos la puerta de la librería volvió a abrirse y el escritor residente, con la vista clavada en las estanterías del fondo como un Ulises divisando Ítaca, les saludó con un educado «buenos días» antes de instalarse en su mesita habitual.

—Disculpe... —empezó a decirle el señor Caldecott, que pese a sus recientes fracasos no se daba por vencido.

—No te molestes, Charlie —le interrumpió Edward—. Dejémosle bajo el benigno influjo de su lamparilla azul.

—Pasaré entonces más tarde para cerrar —se le ofreció Agnes.

—Por los viejos tiempos. —Alzó el librero su copa.

—Por los viejos amigos —corearon Caldecott y Agnes al unísono.

—Será mejor que suba a echarle una mano a la señora Dresden con la elección de su nueva lectura o darán las doce de la noche y Cenicienta me dejará su alpargata —dijo el señor Livingstone, mirando significativamente los pies formalmente calzados de Agnes, que apenas sobresalían por el vestido—. Bonitos zapatos, Watson.

—Gracias, estimado Holmes.

La chica contempló la librería en su pacífica quietud, con el tecleo de fondo del escritor residente, la voz amortiguada de la señora Dresden poniendo pegas a las sugerencias de Edward en el piso superior, las pequeñas motas de polvo bailando con delicadeza en un haz de luz procedente del escaparate sobre la hermosa escalera, el orden ateniense de Tucídides en las estanterías y un niño rubio, con semilevita e impaciente, revolviendo la mesa de libros ilustrados.

—¿Por qué no se adelanta con Oliver? —le sugirió Agnes a Caldecott.

—Buena idea, así tranquilizo a Sioban sobre las honorables intenciones de su prometido.

—¿Por qué iba a tener ninguna duda a estas alturas de la historia?

—Porque mientras esté entre libros, Edward es capaz de olvidarse hasta de su propia boda —le advirtió el sastre desde la puerta—. Vamos, Oliver.

—Prefiero ir con Agnes.

—Yo iré enseguida —le prometió ella—. En cuanto la señora Dresden se haya hecho con el botín de esta semana. —Se inclinó junto al niño cuando pasó por su lado y escrutó sus vivaces ojos—. No te habrás llevado ningún otro libro valioso de la mesa preferida de Edward, ¿verdad?

—Pero ¡si no están bajo llave! —se indignó Oliver.

Unos minutos después de que Caldecott y Twist abandonasen la librería con destino a la iglesia, la señora Dresden bajó las escaleras seguida de cerca por el señor Livingstone. El librero fue hasta el mostrador, puso una respetable pila de libros en una bolsa de papel, le cobró y le advirtió que no volviese a la tienda antes del mes de mayo.

—Porque estaré de luna de miel.

—¿En Narnia?

—¿Acaba de hacer un chiste, señora Dresden?

La señora se sonrojó, orgullosa, y se le escapó una risilla de colegiala.

—Sioban y yo nos vamos un par de semanas a recorrer las tierras de sir Walter Scott. Ya sabe, claymores, castillos y los rudos hombres de Wallace.

—¿Hasta mayo?

—Hasta mayo —confirmó el librero.

La señora Dresden hizo un mohín.

—No se queje, señora mía. Le acabo de vender toda la saga de *Canción de hielo y fuego*, de George R. R. Martin. Tiene lectura hasta que llegue el invierno.

La señora se despidió de Edward, le deseó una feliz luna de miel y le recomendó que no perdiese de vista a Sioban en las Highlands, pues había leído algunas novelas al respecto de la fogosidad amorosa y el descaro de sus habitantes que habían despertado su suspicacia respecto a los hombres del norte. El señor Livingstone le prometió que estaría atento y que le informaría puntualmente de tal cuestión en cuanto estuviese de vuelta. La señora Dresden aseguró que decidiría el destino de sus próximas vacaciones dependiendo del dictamen que le trajese Edward sobre los highlanders.

—Iré sin mi marido —pronunció soñadora antes de salir de la librería.

—Bien —dijo el señor Livingstone en cuanto se quedaron a solas (el escritor residente no contaba como persona mientras estuviese en pleno proceso de creación).

—Bien —dijo Agnes.

Edward se puso la chaqueta de su traje, alisó las solapas, atusó la rosa blanca que tan cuidadosamente le había puesto en el ojal Charlie Caldecott, volvió a consultar su reloj de bolsillo y miró sonriente a Agnes tras devolverlo al interior del chaleco gris.

—¿Preparada?

Agnes asintió risueña, enlazó su brazo con el del señor Livingstone, recogió con la otra mano la cola de su vestido de gasa y dieron casi una vuelta de baile para encarar la puerta.

—No estoy seguro de que sea totalmente legal tener una padrina tan guapa e inteligente —bromeó el librero antes de salir.

—Nos arriesgaremos a que el inspector Lockwood le detenga.

—La he echado de menos, Agnes.

—Y yo a usted —se emocionó la arqueóloga—. Aunque tiene un entarimado de madera excelente, en el Ashmolean está muy mal visto descalzarse en el trabajo.

—Malditos muggles —gruñó el señor Livingstone.

Salieron de la librería y disfrutaron de la tibia caricia del sol sobre sus rostros. Era un día excelente para empezar una nueva aventura.

—Iglesia del Temple —dijo Agnes—, ¿derecha o izquierda?

El señor Livingstone soltó un par de roncas carcajadas, que sonaron como si estuviesen oxidadas por el tiempo que llevaban en desuso, y palmeó feliz la mano del hada sobre su brazo.

—¿Acaso importa? Disfrute del camino.